バッドエンド目前のヒロインに転生した私、今世では恋愛するつもりがチートな兄が離してくれません!?
BAD END Mokuzen no HEROINE ni Tensei shita Watashi, Konse dewa RENAI suru tsumori ga CHEAT na Ani ga Hanashite Kuremasen!?
著 琴子
画 くまのみ鮭
6
TOブックス

第十三章 二度目の夏休み編

イラスト／くまのみ鮭　デザイン／伸童舎

contents

ユリウス・ウェインライト

伯爵令息。超絶ハイスペックで掴みどころのないレーネの兄。仲が悪かったはずが、レーネの転生をきっかけに惹かれるようになり、今では恋人に。

レーネ・ウェインライト

本作の主人公。バッドエンド目前の弱気な伯爵令嬢ヒロインに転生した。前世では楽しめなかった学生生活や恋愛を満喫するため、奮闘中。持ち前の前向きさで、Fランクを脱出した。

セオドア・リンドグレーン

とにかく寡黙な第三王子。レーネがめげずに続けた挨拶と吉田のおかげで、少しずつ友情が芽生えている。

マクシミリアン・スタイナー

騎士団長の息子の子爵令息。少し態度と口は悪いが、いつもレーネを助けてくれる良い人。吉田と呼ばれている。

紹　介

ラインハルト・ノークス

超美形の同級生。いじめられているところを助けてくれたレーネに対し、激重感情を抱いている。

アーノルド・エッカート

ユリウスの友人。天然の人たらしで距離感バグ。レーネの相談によく乗ってくれる。

ルカーシュ・アストン

レーネの実の弟。過去に悲しいすれ違いがあったが、今ではレーネが大好き。レーネの前ではあざと可愛い顔をしつつ、腹黒い一面も。

ヴィリー・マクラウド

男爵令息。レーネの良きクラスメイト。魔法だけなら学年トップクラスの実力を持つ、やんちゃ系男子。

人物

第十三章

二度目の夏休み編

新たな変化

夏休みまで残り一週間となり、私は今年もしっかり心を浮き立たせながら毎日を過ごしている。

——去年の夏休みはユリウスとウェインライト伯爵領へ行き、俺様従姉弟のセシルとその姉の美女であるソフィア達と過ごすところから始まった。

ユリウスと抜け出して王都へ帰還した後は、吉田邸での吉田姉との戦い、ラインハルトとのお出かけ、クラスメート達との集まり、ユリウスやアーノルドさんとのテレーゼのお家でのお泊まり、そして王城でのガーデンパーティーという、とてもひと夏とは思えない濃い時間を過ごした。

全てが良い思い出で、間違いなく人生で一番最高の夏休みだったけれど、今年はさらに楽しくて素敵なものになるという確信がある。

「姉さんは夏休みが楽しみすぎて最近ずっとご機嫌なんだ。かわいいね」

「うっ……」

そんな中、放課後のカフェテリアにて、私の向かいに座るルカは両肘をつき、さらりとそんなことを言ってのけた。

我が弟ながら十五歳とは思えない余裕と眩しさ、かわいさに今日も目眩がする。

桜色の髪とたくさんの派手なピアスがよく似合い、超絶整った顔立ちをしたルカは今この瞬間も近くの席に座る女子生徒達の視線をかっさらっていた。

「ねえルカ、そう言ってもらえてすっごく嬉しいんだけど、誰にでもかわいいなんて言っちゃだめだからね。アーノルドさんみたいな大人になっちゃうよ」

「分かった。大好きな姉さんにしか一生言わない」

「うっ……そ、そうじゃなくてですね……」

にっこりと微笑みながらそう言ってのける弟の沼は今日も深く、溺死しそうになる。以前はあのジェニーまで手のひらの上で転がしていたし、将来が恐ろしい。

ルカはテーブルの上に置いていた私の手をきゅっと両手で掴むと、私とよく似た桃色の瞳でうるうると見上げてくる。

「じゃあ俺は？　かわいい？　かっこいい？」

「ルカは世界一かわいいよ！　そしてかっこよさもある奇跡の存在、世界遺産、天使！」

「良かった。それなら姉さんも一生、俺以外には言わな――」

「お前さ、いい加減にしなよ」

ルカの声に重なるようにして、そんな低い声が聞こえてきて顔を上げる。

そこには呆れた表情でこちらを見下ろす、ユリウスの姿があった。

「は？　俺と姉さんの時間を邪魔すんなよ。どっかいけ」

「レーネ、本当にこれがかわいいの？　勘違いしてない？」

「うざ」

「お二人とも落ち着いてください」

相変わらずユリウスとルカは犬猿の仲で、顔を合わせるたびにこうして言い合いをしている。

とはいえ、喧嘩するほど何とやらというし、意外と二人は気が合うのではないかと思っていた。

もちろん口に出せば二人ともに怒られるため、黙っているけれど。

すると不意にするりと背後から首筋に腕が回され、耳元で甘ったるい声が響く。

「ねえねえレーネちゃん、俺みたいな大人ってどういう意味？」

「ひっ」

「お前もいい加減にしてくれない？」

ユリウスはすかさずアーノルドさんを私から引き剥がすと、どいつもこいつも油断ならないと大きな溜め息を吐いた。

そんな仕草すらも絵になっていて、隣の席に座る女子生徒は頬に手をあて、その一挙手一投足から目を離せずにいるようだった。

「今日もレーネちゃんは人気で妬けるな」

「どの口が言うんですか」

そう言ってぴったり私の隣に座った誰よりもモテるユリウスは今日も美しく、こんな綺麗な人が自分の恋人だなんて非現実的すぎる。

やっぱりまだこの関係に慣れなくて恥ずかしくて、さりげなく座っている位置をずらして離れたところ、腰に腕を回され抱き寄せられる。

余計に距離が縮まってしまい、悪手だったと後悔した。

「逃げるの禁止ね」

「……っ」

「姉さんに触るな、嫌がってるだろ」

「恋人同士が触れ合って何が悪いのかな、レーネは俺のことが好きなんだよ」

「だっる、姉さんほんとこいつはやめなよ」

再びユリウスとルカは言い合いを始め、今しがた感じた胸の高鳴りも一瞬にして消えていく。

普段は大人なユリウスも、ルカを相手にすると幼くなるのが意外だった。

「ほら、ユリウスもその辺にしなよ。ルカーシュくんはまだ赤ちゃんみたいでかわいいんだから。よちよち」

「……姉さん、なんか俺この人すごく嫌だ。こわい」

隣の席に座ったアーノルドさんによしよしと撫でられ、ルカは一瞬にして大人しくなる。

いつだって余裕たっぷりだと思っていたルカにも、苦手な相手がいるらしい。

「それで、弟くんと何の話をしてたの？」

「夏休みの話だよ。みんなで行く旅行にルカも行かない？　って誘ってたんだ」

そう、今年の夏休みは新二年生組のみんなとユリウス、アーノルドさん、ミレーヌ様と一緒に隣国へ旅行に行く計画を立てている。

ルカも先ほど一緒に行きたいと言ってくれて、十人という大所帯での旅行になりそうだ。

ユリウスは「そっか」と言うと、形の良い唇（くちびる）で綺麗な弧（こ）を描いた。

「俺も夏休みが楽しみだな」

「あれ、ユリウスがそういうふうに言うのって珍しいね」

アーノルドさんは物珍（ものめずら）しげな様子で、ユリウスを見つめている。

私もユリウスが夏休みを楽しみにしていることを、とても嬉しく思っていたのだけれど。

「レーネと約束したんだ。ね？」

「約束……はっ」

少しの後、ユリウスが何のことを言っているのか理解した途端、一瞬で顔が熱くなった。

『じゃあ夏休みの間に、キスさせて』

『約束ね』

『大丈夫、したいと思わせるから』

先日のデビュタント舞踏会の帰り道で「夏休みの間にキスをする」という、とんでもない約束をしてしまったのだ。

約束は約束だし心の準備をしようと思っているものの、さっぱりできる気配はない。

「そ、そうですね……」

「そうだよ」

頬杖をついている楽しげなユリウスから目を逸らすと、私はルカへ視線を向けた。

「と、とにかく急いで予定を立てるから、何か決まったらすぐ伝えるね！」

「うん。でも夏休みに入ったら、姉さんとあんまり会えなくなるの寂しいな。俺と里帰りもしよ？　お泊まりで」

「あ、いいの？　私もお父さんに会いたいから嬉しい！」

「やった、約束ね」

ルカに差し出された小指に自身の小指を絡めると、ユリウスがまた溜め息を吐く。

「レーネ、一泊だけだよ」

「は？　三週間はいるけど」

「ふざけないでくれるかな」

再びユリウスとルカの言い合いが始まったものの、以前とは違って泊まり自体はあっさり許してくれたことに、なんというか余裕のようなものを感じた。

やはり、以前とは関係が変わったことが理由なのだろうか。

「レーネちゃんは本当に愛されてるね」

「はい」

アーノルドさんの言葉に対し迷わず頷(うなず)けたことに自分でも驚きつつ、幸せを感じた。

『何故お前は自分も心配されていたとは思わないんだ』

『お前は自分が想像しているよりもずっと、周りから大切に思われていることを自覚したほうがいい。お前のためでもあるし、周りの人間に対しても失礼だ』

以前吉田にそう言われたように、過去の私なら違った反応をしていたに違いない。

本当に周りの人たちに恵まれていて、そのお蔭で良い方向に変われていることを実感し、胸が温かくなる。

「俺もレーネちゃんが大好きだよ。結婚する？」

「お前さ、俺にかまってほしくてやってない？　そろそろ本気で殺すよ？」

「まじで三年っておかしい奴しかいないの？　本当に姉さんが心配なんだけど」

「…………」

そんなエモーショナルな気持ちをアーノルドさんによってぶち壊されてしまいながらも、来たる夏休みに思いを馳せた。

◇◇◇

終業式まで三日となった今日、昼休みにみんなで昼食を取りながら旅行の計画を立てていた。

「じゃあ、再来週から隣国に一週間滞在か。楽しみだな！」

「ええ。家族以外と国外旅行なんて初めてだわ」

「トゥーマ王国は海がとても綺麗らしいから、ぜひ行きたいな」

私だけでなくみんなもすごく楽しみにしているようで、つられて笑みがこぼれる。

隣国・トゥーマ王国への七泊八日の旅に関しては、王子が手配をしてくれることになっていて、プライベートジェットならぬプライベートゲートなるもので移動できるらしい。

ゲートは以前、吉田とヴィリーと第二都市エレパレスへ行った際に使ったけれど、一瞬で別の場所へ移動できてしまう優れものだ。

「移動時間もかからないから、一週間まるまる遊べるなんて楽しみ！　セオドア様、本当にありがとうございます」

「…………」

こくりと頷いてくれた王子は公務で何度も隣国に行ったことがあるそうで、色々と案内してくれるという。食べ物もとても美味しいらしく、胸が弾む。

「日頃みんな頑張っている分、ゆっくりのんびりして身体を休めるのもいいよね」

「観光して美味いもん食って、海行ってだらだらするって感じか。最高だな」

「時間はたっぷりあるし、きっちり予定を立てずに行動するのもいいかもしれないわ」

「そうだね。みんなの行きたい場所だけまとめておくよ」

確かに旅行先でびっしりスケジュールを立てた結果、必死にその消化をしようとして、疲れてしまうのはあるあるだろう。

その日の気分で行く場所を決めるのも、プライベートの旅行ならではですごく良い気がする。

「じゃあ私がルカと三年生組に伝えておくね」

「お前達と本当にゆっくりのんびりできるとは思えないがな」

「もう吉田ってば、フラグ立てないでよ」

このこの、と吉田の頬を指先でツンツンつついたところ、思いきり頭を叩かれたけれど好きだ。

――そして吉田の言葉がとんでもないフラグとなり、ゆっくりのんびりとは正反対の地獄の日々になることを、この時の私はまだ知る由もない。


昼食後、午後の授業は屋外での魔法の実践演習だった。

まだまだファンタジー世界と魔法が楽しくて仕方ない私にとっては、楽しみな授業の一つだ。

「本日は攻撃魔法と防御魔法の演習です。怪我や事故のないようにしましょうね」

先生の声に従い、クラスメートたちはペアを組んでいく。

普段なら真っ先にテレーゼを誘うところだけれど、私はテレーゼに事情を説明しにいった後、青メガネと体育着の金色ラインが輝く吉田のもとへ駆け出した。

「吉田、一緒にやろう！」

「なぜ俺なんだ」

「へっぽこ魔法といえどもテレーゼに全力で攻撃魔法を打てる気がしないし、吉田なら私の思いの丈すべてを受け止めてくれると思って」

「全くの勘違いだが」

とはいえ、九割の優しさと一割のツンでできている吉田は私を見捨てることはなく、ペアを組むことになった。

軽く準備運動としてストレッチをしながら、吉田に声をかけ続ける。

「旅行、楽しみだね！　それ以外、吉田はどう過ごすの？」

「いつも通り家族で過ごすんじゃないか。お前は？」

「私もまずは領地に行って、あとはみんなで旅行に行って、それから夏休みの恒例行事でありメインイベントの吉田邸への訪問もあるし……」

「いつ恒例になったんだ」

吉田姉であるアレクシアさんにも会いたいと話すと、すんなり受け入れてくれた。好きだ。

我が家にも遊びに来てほしいと告げたところ「そうだな」と頷いてくれた。

「よし、じゃあ私が防御からやってもいい？」

「ああ」

私は腕を伸ばして両手をかざして集中し、魔力でシールドを張るイメージをする。

すると青白い光が眼前に広がり、やがて私を覆う——どころか、なぜか辺り一体を覆う勢いで魔力の膜は広がっていく。

「あれ？　あの？　えっ？」

「痛ってぇ！　なんだ？」

そして魔力でできたシールドは近くにいたヴィリーのもとにまで及び、ヴィリーを思い切り吹っ飛ばしてしまった。

防御魔法で友人を攻撃するという、斬新で最悪な展開になっている。

「ごめん、本っ当にごめん！」

慌てて魔力を抑えようとしても、なかなか上手くいかない。

防御魔法を使うのはもちろん初めてではないし、以前はこんなことなどなかったのに。

「何をしているんだ、早く魔力を抑えろ！」

「よ、吉田……実は全力でやってるんだけど、上手くできなくて」

「とにかく一度落ち着いて深呼吸をして、手のひらから魔力を身体に戻すイメージをするんだ」

「わ、分かった！」

吉田の言う通りにすると、だんだんシールドは小さくなっていき、やがて通常の大きさである私一人分を守れるほどのサイズで落ち着いた。

ふうと息を吐いたものの、初めて魔法を使った頃に似たコントロールが利かない感覚に、内心冷や汗が止まらない。

ヴィリーにもう一度謝った後は、吉田に向き直った。

「ひとまず弱めのものから行くぞ」

「ありがとう、お願いします！」

ひとまず吉田は私が怪我をしないよう、弱い攻撃魔法から順に放ってくれる。

意外と耐久性には問題がないらしく、吉田の得意な氷魔法にも耐えることができていた。

「強度には問題ないどころか、かなり強いものだろう」

「よ、良かった……」

先程のは単なる不調だったのだろうか。

いよいよ次はBランクという高い壁を目指さなければならないのに、このまま成績落下の一途を辿ったらどうしようと、ずっと冷や汗がだらっだらだった。

「じゃあ次はお前が攻撃してこい。先程のこともあるから、まずは水魔法がいいだろう」

「了解です！」

私が一番得意なのは火魔法だけれど、先程のように上手くコントロールできなかった場合、危険が伴う。水魔法なら失敗しても水浸しになる程度で終わるはず。

吉田に向かって再び両手をかざし、いつものように水魔法を放つ。

私程度の攻撃なら全力でも吉田は軽々と撥ね除ける、と思っていたのに。

「えっ」

「は」

次の瞬間、とてつもない滝のような勢いの水が噴き出して吉田へ向かっていき、なんと防御魔法ごと吉田が吹き飛んだ。

そのまま吉田の姿はグラウンドの林の中に消えてしまい、この光景を見ていたらしい周りのクラスメートも私も呆然とし、辺りは静まり返った。

ドドドドドドという、今もなお私の両手から放たれる大量の水の音だけが響く。

「……えっ？　ええええ……⁉」

信じられない威力に困惑しながら周りを見回したものの、やはりこのとんでも魔法は私が放ったものらしい。

いつも通り魔法を使ったはずなのに、なぜこんなことになってしまったのか理解できない。

とにかく水を止めようと思っても私の意思とは反して、蛇口の壊れた水道のように止まる気配はない。救いを求めて先生の姿を探しても見当たらず、余計にパニックになる。

「――大丈夫」

そんな中、穏やかで優しい声とともに後ろから誰かの両手が伸びてきて、私の手を掴む。

すると不思議と、水はぴたりと止まった。

「セ、セオドア様……！　ありがとうございます！」

「………」

どうやら暴走する私を見かねた王子が、魔力を強制的に止めてくれたらしい。

自身の魔力を触れた相手に流し込み押さえつけるという方法は聞いたことがあったものの、実際に行うのは至難の業だと聞いている。

あっさりやってのけた王子に流石だと尊敬しつつ、私はハッと我に返った。

「はっ、吉田……！　吉田――――！！！！」

改めて王子にお礼を告げた後は吹き飛ばしてしまった吉田を探すべく、私は美しい虹がかかった林へと慌てて駆け出したのだった。

「――なるほど、魔力量が跳ね上がっていることが原因でしょう」
「えっ」
一日の授業を終えた放課後、私は職員室で実技演習担当の先生と向かい合っていた。

先生が怪我をした生徒に付き添っている間に私の魔力大暴走は起こったらしく、その様子は保健室の窓からもよく見えていたという。

ちなみに吉田は無事で、本当に安心した。

怒ることもなく、むしろ私の心配をしてくれた吉田を一生推していきたい。

そして先生に呼び出され、言われるがままランク試験で使う測定器を使ったところ、なんと私の魔力は過去に類を見ないほど増えていることが発覚した。

「魔力が急に増えたことで感覚が変わって、コントロールできなくなったのね。制御する練習をすれば問題はないはずよ。むしろ喜ばしいことだから、頑張って」

「あ、ありがとうございます」

笑顔で親指をぐっと立てる先生に頭を下げて職員室を出た私は、廊下でぴたりと足を止めた。

「……魔力量が、増えてる」

以前ユリウスの先輩の先輩に測ってもらった時は、1から29に上がっていた。その頃よりもさらに増えているとなると、かなりの数値になるはず。

今後、バッドエンド回避をするためSランクを目指す以上、とても喜ばしいことではあった。

「いたいた、待ってたよ。帰ろっか」

職員室前で立ち尽くす私のもとへ、ユリウスがやってくる。その手には私の鞄もあって、教室に寄って持ってきてくれたことが窺えた。

そのまま腕を引かれて校舎を後にして、いつものように隣り合って馬車に乗り込んだ。

「授業中に見てたよ、ヨシダくんを吹っ飛ばすレーネ。あんな魔法まで使えるようになったんだ」

「………」

「レーネ？」

色々と考え込んで黙り込んでしまっていると、ユリウスに至近距離で顔を覗き込まれる。

私はじっと完璧な顔立ちを見つめ返し、おずおずと口を開いた。

「……もしかしてユリウスって、ものすごく私のことが好き？」

我ながら突拍子もない問いかけで、ユリウスもぱちぱちとアイスブルーの目を瞬く。

けれど少しの間の後、ふっと口元を緩めたユリウスは、指先で私の顎をくいと持ち上げた。

「そうだよ。レーネが思っている以上に、ものすごく」

「ランク試験の前よりもさらに？」

「あはは、何その質問。でも間違いなくそうだね」

まなざしや声音、表情全てからその言葉が本当なのだと伝わってくる。

──一応『マイラブリン』のヒロインである私の魔力量は、攻略対象の好感度に比例する。

ゲームのことは正直意識したくないものの、きっと今の私はユリウスルートを突き進んでいるだろうし、ユリウスの好感度が魔力量に関係しているはず。

つまり魔力量が跳ね上がったのは、ユリウスからの好感度が跳ね上がったことを意味する。

そう思うと嬉しい気持ちと照れくさい気持ちでいっぱいになり、顔が熱くなった。

私も好きだと告白し恋人になったことで、ユリウスの気持ちに変化があったのかもしれない。

「どうしたの？　急に。そんなに俺がレーネを好きなの、顔に出てた？」

「ええと、そんなところでして」

「へえ？　じゃあレーネは俺のこと、どれくらい好き？」

ユリウスは綺麗に口角を上げ、楽しげに微笑む。

「えっ……と、とても好きです」

「とてもってどれくらい？」

「すごく！　いっぱい！」

「もう少し詳しく」

「たくさん！　世界一！　吉田並！」

「本当？　嬉しいな、俺もだよ」

必死に身振り手振りとありったけの語彙力で伝え続けたところ、ようやくユリウスは満足げな顔をした。少し確認をするつもりが、ただのバカップルみたいな会話になってしまっている。

未だに慣れない甘い空気にむずむずした私は、お得意の話題を変える技を使うことにした。

「あっ、実は魔力量が急に増えたせいでコントロールできなくなって、吉田を吹っ飛ばしちゃったらしいんだ。だから夏休みの空いてる時間、ユリウスに制御の仕方を教えてもらえたらと思って」

「もちろん。少しと言わず、いくらでも」

ユリウスはいつだって私のお願いを笑顔で聞いてくれて、そんな優しいところも好きだと思う。

「ああ、前に俺の好感度と比例するって言ってたっけ。だからさっきあんな質問をしたんだ」

「よくそんなふざけた話、覚えてたね」

「レーネとのことは全部覚えてるよ」

あんなぽろっと漏らした発言を覚えてくれていたこと、普通ならありえない話を信じてくれているような口ぶりに驚いてしまう。

――実は内心、ユリウスの気持ちを利用しているようで気にしてしまっていた。

もちろんそんなつもりはないし、結果的にそうなってしまっただけ。とはいえ、やはりシステムについて知っていた以上、罪悪感のようなものを感じてしまう。

ユリウスはそんな私の心のうちを見透かしたのか、そっと頭を撫でてくれる。

「それならレーネの成績が上がるように、もっと好きにならないとね」

そしてわざと戯けてそう言ってくれたユリウスに、ぎゅっと胸が締め付けられた。

「うっ……もうやだ、大好き！　このスパダリ！　完璧彼氏！」

「あはは、高評価で良かった」

たまらず込み上げてくる気持ちを口にすると、ユリウスは子どもみたいに笑う。

そんな表情を向けるのも私にだけだと知っているからこそ、余計にドキドキしてしまう。

いつの間にか馬車は伯爵邸に到着しており、降りようとドアに手をかける。すると後ろからユリウスの手が伸びてきて、目の前のドアにとんと手をつく。

そのまま後ろからもう一方の腕で抱きしめられ、耳元に顔が寄せられた。

「それと、夏休みはちゃんと恋人らしいことしようね」

「……っ」

「二人きりでデートもして、イベントも一緒に過ごすんだよね？」

なぜ今ここでこんな体勢で言う必要があるのだとか、どうして普通に喋るだけでそんなに色気があるのだとか、言いたいことはたくさんあったけれど。

結局、私は真っ赤な顔で首が取れそうなほど頷くことしかできなかった。

知らない過去

満を持して迎えた夏休み初日、私は自室にて全力で宿題をこなしていた。

その隣では頬杖をついたユリウスが、つまらなさげに指先でペンをくるくる回している。

「レーネちゃん、かまってよ。せっかく屋敷に二人きりなのに」

「さっさと宿題を終わらせておかないと、全力で夏休みを楽しめないから」

最後の一日まで全力で遊び「あー楽しかった！」で終わりたい。そのためにも今日からの三日間で宿題を終わらせるつもりでいる。

ちなみにユリウスは「だいたい見た瞬間に答えが分かるから半日で終わる」そうだ。悔しい。

今日は本気で宿題をすると決めているため、かまってちゃんのユリウスを放置して、ひたすら問題を解いていく。

もはや髪も邪魔で、前髪も後ろ髪もすべて髪紐でまとめて頭の上でお団子にした。

付き合い始めの数日は常に可愛い格好でいたい、胸がいっぱいで食事もあまり喉が通らないという乙女モードだったけれど、そんな気持ちもあっという間に消え去っている。

同じ屋根の下で暮らしていながら常に気を遣うなんて、女子力皆無(かいむ)の私には無理な話だった。

「レーネってさ、本当に色気がないよね」

「本当にね、私が裸でいても誰も何も思わなさそう」

「俺は抱くけど」

「ですよね、抱――えっ」

さらっと当然のように言ってのけるユリウスに動揺してしまい、間の抜けた声が漏れる。

驚いて顔を上げると「本当に色気がないね」と笑うユリウスと視線が絡んだ。

「な、ななな……」

「逆にどうして驚くのか分からないな。俺だって男なんだけど」

「た、確かにそう、で、ですけれども……」

「結婚式までは待つから大丈夫だよ。よっぽどのことがない限り」

自分の色気のなさや女子力の低さは誰よりも知っているため、恋人といえどもそういった対象として意識されていることに、素で驚いてしまった。

そして「よっぽどのこと」とは何なのだろう、こちらとしては全く大丈夫ではない。

そう思いながらもユリウスが当たり前のように二人の未来の話をすることに、嬉しさを感じてしまうのも事実だった。

「でも、レーネはなんでそんなに頑張るの？」

「……色々あって、どうしてもSランクにならなきゃいけないから」

「ふうん？　大学に行く気はある？」

「実はその辺りはまだあんまり考えたことがなく……」

ハートフル学園には、系列の二年制の大学もあると聞いている。

とはいえ、ハートフル学園やパーフェクト学園といった各校を上位ランクで卒業した者しか入学できないんだとか。

無事に学園をSランクで卒業できたとして、その後自分がどうしたいのかはまだ分からない。

前世では夢もなくとにかく施設を出て自立するため、高校卒業後は少しでも給料の良い会社に就職することしか考えていなかった。

けれどこの世界でなら自分のやりたいこと、将来の夢も見つけられる気がする。

「でも、少しでも長く学生生活を楽しみたいって気持ちはあるんだ」

辛くて大変なことも多いけれど、私はなんだかんだ学ぶことも好きだし、叶うのなら憧れていた大学生活も送ってみたい。

その間に将来のことも慌てず、じっくり考えられたら幸せだとも思う。

そう話すと、ユリウスは「そっか」と優しく頭を撫でてくれた。

「レーネのやりたいことを俺は応援するよ。最終的には俺のお嫁さんとして一生幸せにするし、安心して好きにして」

「あ、ありがとう」

ユリウスがそう言ってくれると、どんなことでもできる気がしてくる。

やはりまずは学園生活を楽しみつつ、ひたすら勉強をしなければ。生き延びるためだけでなく、将来の選択肢を広げるという意味でも勉強は大切なのだから。

「なんか最近の私、真面目なことばっかり考えてる気がする。らしくないや」

「そう？　レーネは元々誰よりも真面目だと思うけどね」

「ちなみにユリウスは大学に行くの？」

「うん。この国の法律的に爵位を継ぐには二十歳になってからの方が都合がいいし、それまでは大学に行きながら準備を進めるのもいいかなって。レーネが大学に行くなら尚更」

そうなればまた一年、同じ学校に通えると思うと一気に楽しみになる。

一方でユリウスの言う「準備」というのが何なのか、気になってしまう。

そして関わりがあるであろう、ずっと気になっていたことを尋ねてみる。

「……ユリウスはどうして私にSランクになってほしいって言ったの？」

一年生の夏休み、体育祭のご褒美にと出かけた先で、私はユリウスにそう告げられた。

私はなんとなく聞けずにいたものの、ユリウスはなんてことないように「ああ」と呟き、続ける。

「この家を乗っ取るのに手っ取り早かったからだよ」

「えっ？」

「あいつらを消したところで、ジェニーと結婚させられていたら色々と面倒なことになるからね。結婚と違って離婚はかなり面倒なんだ。財産だって女性にかなり持っていかれるし」

「………………」

「ああ、でも今はもちろんレーネのことが好きで結婚したいと思ってるよ」

「……そう、なんだ」

いつもと変わらない笑顔でそう言ったユリウスに、心臓が嫌な音を立てていく。

なんというか「消す」という言葉に全く温度がなくて、本気なのだと思い知らされる。

「ごめんね、大丈夫。殺したりはしないから。死ぬより辛い思いはさせるけど」

俺も人殺しにはなりたくないし、なんて笑うユリウスの声も明るいものではあったけれど、普段とは全く違う、どこか冷めたものだった。

その様子は私のよく知るユリウスとは違い、なんだか知らない人のようで。私はまだまだユリウスのことを知らないのだと、改めて思い知らされる。

「……嫌いになった？」

私が黙り込んでしまったせいか、ユリウスは眉尻を下げてそう尋ねてくる。

「レーネを利用しようとしていたのは本当にごめんね。でも、俺のすべきことは変わらないよ」

「そ、そうじゃなくて」

嫌いになったりとか、傷付いたりとかはしていない。

ただユリウスの抱えているものが、私が想像している以上にずっと暗くて重くて大きいものである気がして、心配や不安になってしまった。

それを一人で抱え込むのは、とても辛いに違いない。

私はきつく手のひらを握りしめると、ユリウスを見上げた。

「……ユリウスは、どうして伯爵夫妻に復讐をするの？」

きっと触れられたくないことだから、今まで私に話していなかったと分かっている。

それでも私たちの関係だって以前とは変わっているし、少しでもユリウスの辛い気持ちを共有できたらと、勇気を出して尋ねてみる。

ユリウスは表情を変えずに無言のまま私を見つめていたけれど、やがて静かに口を開いた。


「俺の母親を殺したからだよ」


「──え」

「正確には自死に追い込んだから、かな」

言葉が出てこなくなり、ガラス玉に似たユリウスの瞳を見つめ返すことしかできない。

ユリウスのお母様が亡くなったのは知っていたけれど、私はそれ以上何も知らなかった。

「レーネのことは信用してるけど、あまりこの話はしたくないんだ。ごめんね」

「……ううん、こちらこそごめん。話してくれてありがとう」

「いいえ」

ユリウスは私を気遣うように微笑むと、よしよしと頭を撫でてくれる。

そんな形でお母様を失ったユリウスの悲しみも怒りも恨みも、私には想像もつかない。

けれどこれほど復讐にこだわることに、納得がいった。私だって同じように大切な人を亡くしてしまったら、同じ道を選んでいたかもしれない。

——それでも復讐をした末に、本当に幸せになれるのだろうか。

私は詳しい事情だって知らないし、やめた方がいいなんて無責任なことは言えない。けれど本音としては、ユリウスが誰かを傷付けてしまうのは嫌だった。

過去は決して消えないし、いつか悔やむことになる日が来るかもしれない。

『……俺はずっと何かを楽しむことで、復讐への気持ちが薄れてしまう気がして、裏切りになると思ってた』

以前そう話していたユリウスはとても悲しげで、傷付いた顔をしていた。

裏切りというのは、亡くなったお母様に対してのことだったのだろう。

『何でも全力で楽しもうとするレーネといると、そんな考えが馬鹿らしくなったよ』

『レーネといると楽しいんだ』

『眩しいレーネのお蔭で、俺の世界まで明るくなる』

けれど、そう言ってくれていたことも思い出す。

私はユリウスが大好きだし、これまでたくさん助けられてきた。だからこそ、ユリウスの人生が楽しく明るくなるよう、私ができることは何でもしていきたい。

「夏休み、たくさん遊んで楽しもうね！」

ユリウスの身体に腕を回して抱きつき、笑顔を向ける。

元のレーネとの関係など気になることは多々あるものの、とても聞けそうにはない。きっと今の私にできるのは、ユリウスが楽しいと思えるような日々を一緒に送ることだ。

そしていつか心のうちを、もっと話してもらえたら嬉しい。

「……レーネちゃんは優しいね。ほんと俺なんかにはもったいないくらい」

ユリウスはそんな私を抱きしめ返し、頭にぽすりと顎を乗せる。

優しい温もりと大好きな香りに包まれながら、ユリウスを幸せにしたいと改めて強く思った。

「やっぱり学園を卒業したら、すぐに籍だけ入れない？」

「ごめん、流石にそれはちょっと早いかもしれない」

私は夢見る拗らせ乙女だからこそ、なんだって順序をきちんと踏みたい。

ドラマチックにプロポーズをされて結婚式をして、周りからは盛大に祝われて――という、口に出すのも少し憚られるくらいの絵に描いたような理想があった。

「なんでそんなに急ぐの？　伯爵たちのことを気にしてるから？」

「人気者のレーネちゃんが誰かに取られないか不安で」

「ユリウスって鏡、見たことある？」

間違いなく杞憂だと告げ、ユリウスから離れてぐっと両腕を伸ばす。

「よし、宿題を再開します」

「あはは、すごい切り替え方。ほんと真面目だね」

私にとってもユリウスにとっても最高に楽しい夏休みになるよう、まずは宿題を倒さなければ。

そうして気合を入れ、私は再びペンを取ったのだった。

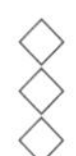

それから四日後の昼下がり、私はウェインライト伯爵領にあるカフェにて、俺様美形従姉弟であるセシルと向かい合っていた。

「お前と会うのはデビュタント舞踏会以来だな」

「そうだね、アンナさんは元気?」

「あいつが元気じゃない時は見たことがねえよ」

——無事に宿題を終え、昨日の晩に伯爵夫妻とジェニー、ユリウスと伯爵領へやってきた。セシルは今年も姉のソフィアと共に、伯爵領に三日ほど滞在予定らしい。

そして今はユリウスが忙しそうにしている隙に、セシルと街中へ抜け出してきている。

「で、聞きたいことってなんだよ」

「実は記憶がなくなる前の、私とユリウスの関係について知りたくて」

ユリウスからは聞きにくいけれど、第三者として周りが知っていることくらいなら、私にも知る権利はあると思ったのだ。

その結果、こっそりセシルから話を聞くのが良いという結論に至った。

「前も言ったような気がするが、俺はお前とユリウスのことなんて大して知らねえよ。ああでも、お前の母親が死んだのはユリウスのせいだ、って言ってたのは聞いたな」

「……それ、本当だったんだ」

以前ジェニーもそう言っていた記憶があり、冷や汗が止まらない。

確かにそれが事実だとすれば、レーネがユリウスに「一生許さない」と過去に発言したことも、一度入れ替わった際にユリウスを突き飛ばして拒絶したことにも納得がいく。

「でも、ユリウスがそんなことをするとは思えないんだけど」

原因は分からないものの、ユリウスが誰かを死に追いやるなんて信じられない。

「それに私のお母さんって、病気で亡くなったんじゃなかった？」

「ああ。だがその病気ってのが何なのか、俺も親戚の奴らも誰も知らないんだよな。俺が知る限り入院後は誰も会ってないみたいだし」

「………………？」

そもそも娘のレーネとのやりとりが手紙だったことにも、実は違和感を抱いていた。仲の良い親子関係なら、お見舞いくらい普通は行くはず。

それなのに大事なことを手紙で伝えるくらい会っていなかったなんて、不思議だった。

なんだかミステリーのようになってきて、混乱してくる。

「まあ、お前の家は昔からめちゃくちゃだったしな。伯爵と今の伯爵夫人との関係も長かったし」

「関係も長かった？　とは？」

「ああ、それも覚えていないのか。あの伯爵夫人は、伯爵がお前の母親どころか、ユリウスの母親と結婚していた時からの不倫相手なんだよ」

「えっ、えええええ……」

「向こうも既婚だったからダブル不倫ってやつ？」

「………」

ウェインライト伯爵家、やはり昼ドラを超えている。

闇が深すぎて、私にはもう突っ込むことすらできない。ひとつだけ分かるのは、ウェインライト伯爵がどうしようもない人間だということだけ。

「レーネの母親と結婚したのは隠れ蓑にするため、とかいう噂も聞いたことあるな」

「お母さんはどうして、そんなゴミクズのような伯爵なんかと……」

「実家にすげえ借金があったとか聞いたけど、本当かは知らん」

セシルは「これ以上話せることはない」と言い、優雅にティーカップに口を付ける。

色々と新情報を得ることができたものの、謎は深まるばかりだった。けれどやはり、今の伯爵夫妻がユリウスのお母様を自死に追いやったというのは事実なのだろう。

何よりレーネの母に関して、過去に元のレーネとユリウスに何があったのか、そこが気になって仕方なかった。

「でも、私のお母さんの亡くなった原因がユリウスって本当？　なんて聞けるはずないしなあ……」

今は恋人という関係なのだし、それも将来的に一緒にいるつもりなのであれば、避けては通れない問題だというのも分かっている。

けれどこの問題についても今はまだ、とても聞けそうになかった。

肩を落としながらだいぶ溶けてしまったアイスクリームを掬って食べていると、向かいのセシルから強い視線を感じた。

「お前、ユリウスとくっついたのか」

「げほっ……そ、そうですね」

「だよな。あいつ、目に見えて浮かれてるし」

「浮かれてる……？」

私はいつも通りだと思っていたけれど、セシルからはそう見えたらしい。

そしてふと、セシルはレーネのことが好きだったのを思い出す。

「…………」

「おい、分かりやすく気まずい顔をするな！　俺は大人しい女が好きなんだよ、やかましい今のお前のお蔭で百年の恋も冷めたわ」

「やっぱり恋、してたんだね……」

「ああもう、放っておけよ！　くそ！」

セシルの恋心の行き場がなくなってしまったことに罪悪感はあるものの、初めて会った時も「ブス」「バカ」と暴言を吐いていたし、元の気弱なレーネにとってはストレスだったに違いない。

確かユリウスも「俺以上にレーネに嫌われていた」と言っていた。

「セシル、好きな子には優しくしないとだめだよ」

「うるせぇバカ、そんなことくらい分かってる！　……でも、上手くできないんだよ」

顔を赤くして堪えるような様子のセシルはかわいくて、ほっこりしてしまう。

俺様タイプには萌えないものの、不器用ツンデレは推せる。

「次からは好きな子ができたらお姉さんに話してね。相談に乗るから」

ぽんと向かいに座るセシルの肩に左手を置き、ウインクをしながら右手で親指を立てる。

するとセシルは呆れたような眼差しを返してくれた。

「誰がお前に話すかよ、つーか誰がお姉さんだ。お前、同い年だろ」

「精神年齢はずっと大人だから」

「嘘をつくな、お前は誰よりもガキだろ」

そんなやりとりをしていると、不意にセシルの肩に乗せていた手がべりっと剥がされる。

まさか、と恐る恐る私の手を掴んだ腕を辿っていくと、眩しい笑みを浮かべたユリウスとばっちり視線が絡んだ。一体なぜ、どうして、いつからここに。

「お姉さん、俺の相談にも乗ってほしいな」

「あ、あの……」

「かわいい恋人が浮気性で、俺の目を盗んで他の男と隠れて会うんだけど、どうしたらいい？」

これは間違いなく怒っている顔で、再び冷や汗が止まらない。

一方、向かいのセシルは知らん顔で呑気に紅茶のお代わりを頼んでいる。

ユリウスはそれはもう自然に私の隣に腰を下ろすと、同じく紅茶を一杯注文した。

「い、一体いつからここに……？」

「ついさっきだよ」

レーネを取り巻く過去について尋ねていたのは聞かれていなかったみたいで、胸を撫で下ろす。

ユリウスは片肘をついてそんな私を見つめ、指先で頬をつついてくる。

「それで、この状況はなに？」

「仲良しな従姉弟どうし、健全な交流をしていただけです。ね、セシル？」

「さあ」

「俺に聞かれて困る話をしてたんだ？」

「…………」

「レーネはほんと嘘が下手だよね」

ユリウスはそう言って笑ったものの、それ以上は何も尋ねてくることはなかった。これに関してもいつものことで、自身も私に対して隠しごとをしている意識があるからなのかもしれない。

「そういえばジェニーとソフィアが喧嘩してるから、しばらくは屋敷に戻らない方がいいよ」

「えっ、喧嘩？」

「久しぶりだな」

どうやら過去にも何度かあったらしく、それはもう壮絶なものらしい。

ジェニーの性格が悪いのはそうだけれど、ソフィアもソフィアで、かなり「良い性格」をしていた記憶がある。私は彼女のことが好きだけれど。

「女の喧嘩って怖いよね。よくそんな酷い言葉をすらすら言えるなって感服するくらい」

「……ああ。俺はソフィアを見て育ったから、大人しい女が好きなのかもしれない」

今もなお恐ろしい戦いが繰り広げられているらしく、巻き込まれないように三人でこのままお茶をして過ごすことになった。

そういえば、最近のジェニーはやけに大人しかった記憶がある。

私が挨拶をしても無視なのはいつものことだけれど、食事の席でもずっと静かなまま。以前は伯爵夫妻と楽しくお喋りをしていたのに、黙々と食べては食堂を後にすることが多くなっている。

何かあったのか少し気になったものの、私が尋ねたって教えてくれるはずがない。

「レーネちゃん、また俺以外のこと考えてる？　妬いちゃうな」

「そう言うユリウスさんはずっと私のことを考えているんですか？」

「もちろん。寝ても覚めてもレーネのことしか考えてないよ」

「こわ」

「こわ」

見事に私とセシルの声が重なった。ユリウスは「へえ、仲良しだね」「俺に見せつけてる？」と笑顔のまま圧をかけてきたけれど、一般論だと思う。

それから数時間後に屋敷へ帰宅したところ、ジェニーとソフィアの戦いにより広間がめちゃくちゃになっていて、早く王都に帰りたいなと心から思った。

楽しい夏休み（地獄パート）

「わあ！　すっごく綺麗な海、底まで見えるね！」

「まじで透けてるじゃん、なんか見たことねえ魚もすげーいるぞ！」

「本当だ！　カラフルで不思議な色、かわいいね」

「確かにかわいいな。よだれ出てきたわ」

「食べる気なの？」

隣国・トゥーマ王国に到着し、馬車に乗って滞在するホテルへやってきた私は、ヴィリーと共に眼前に広がる美しい青い海に胸を弾ませていた。

どこまでも透き通る青さで、鮮やかな青空と合わせて見ると、目が痛くなりそうだ。

「お前らは子どもか」

はしゃぐ私とヴィリーを見て、馬車から降りてきた吉田はやれやれという表情を浮かべていた。

そう言いながらも、吉田がこっそり海の生き物図鑑を持ってきているのを私は知っている。

「…………」

王子は黙ってじっと海を見つめており、美しい海を背景にしたその横顔はあまりにも綺麗で、宗教画か何かかと思った。

この世界では貴族女性は足を出すべきではないとされているため、水着なんてもちろんない。

とはいえ折角だし、こっそりスカートを持ち上げて足だけ入るくらいはしてみたい。

「あ、ユリウス！　さっきぶりだね」

「そうだね、寂しかった」

「またまた」

「あはは」

三年生組の馬車から降りてきたユリウスに声をかけると、さりげなく後ろから腰に腕を回され、顔のすぐ横に顔を近づけられ、どきっとしてしまう。

「そういえば大丈夫だったの？　あんなにすぐ領地から帰ってきちゃって」

「ああ、問題ないよ」

ユリウスはさらりとそう言ったけれど、去年は六日ほどいても王都に戻るのを伯爵に反対され、夜に裏口から逃げ出し馬車に乗り込んで逃亡したのだ。

それなのに今回はたった三日ほどの滞在で、堂々と二人で帰ってきてしまった。

「あいつに金を貸したんだ。それもかなりの額」

「えっ？」

「だからしばらく俺には何も言えないと思うよ。くだらない事業に投資して失敗したせいで家を潰されるなんて、俺としても困るし」

「…………」

父親が息子に大金を借りるなんて、どう考えても普通ではない。そもそも伯爵が投資に失敗したという話だって、初めて聞いた。

どうやら伯爵夫人もジェニーも知らないらしく、よほど伯爵にとって都合が悪いのだろう。

「だから気にせずに楽しもうか」

「そうだね、そうしよう」

私が気にしたところでどうにかなる話ではないし、ひとまず今は全力で旅行を楽しもうと思う。

「ねえユリウス、見て！　砂浜もキラキラしてる！」

「ちゃんと見てるよ。後で一緒に行こうか」

「うん！」

何もかもが楽しみで、ただこうして過ごしているだけでもワクワクする。

浮かれすぎてついくるくると回っていると、ミレーヌ様がくすりと笑う。

「かわいいわね。こんなに喜んでくれるんだもの、どこへでも連れて行き甲斐があるわ」

「本当にね。俺たちもはしゃいでみる？」

「ふふ、たまにはいいかもしれない」

ミレーヌ様とアーノルドさんも楽しげで、より嬉しくなった。

付き添いの使用人たちに荷物を中へ運んでもらいながら、私たちもホテルの中へ入っていく。

「それにしても着くまであっという間すぎて、実感が湧かないや」

「そうだね。私も屋敷を出てからまだ二時間も経ってないし」

「ラインハルトはずっと、爆睡するヴィリーに膝枕してあげていたのよ」

「俺も姉さんにしてもらえばよかったな」

ラインハルトとテレーゼ、ルカと話をしつつ、ホテルの中を見回す。さすが王子が手配してくれただけあって、恐ろしく豪華で広くて洗練されている。

調度品や飾られている絵までお高そうだし、まさに五つ星ホテルという感じで緊張してしまう。

「お部屋までご案内させていただきますね」

仰々しく専用のラウンジで出迎えられた後、部屋へと案内された。

なんと今回は最上階の二フロア貸し切りで、スイートルームを十人で四部屋も使うことになっているそうだ。

「うわあ、家じゃん……すごい……」

まずは一番広い部屋に全員を案内してもらったところ、なんというかもう家だった。

私の知るホテルとは全く違い、広すぎるリビングにいくつもの部屋、食堂に複数のベッドルームまであって、大家族で暮らせそうなくらいの間取りに驚きを隠せない。

壁一面ガラス張りの窓辺からは、先程の美しい海を一望できる。

この一年で貴族生活に慣れた気でいたものの、前世では縁のなかったラグジュアリーな待遇を受けると、まるで石油王にでもなった気分になる。

「えっ、家じゃん」

「姉さんてば何回言うの？　かわいいね」

「いやいや、だって家じゃんこんなの」

興奮してあちこち見て回っているのは私だけで、みんなは慣れた様子でくつろいでいる。

平民育ちのルカも一切戸惑っておらず「いつものお願い」くらいのノリで飲み物を頼んでいた。

「仕事で来るんだよね、こういうところ」

「ルカって何のお仕事をしてるの？」

「ナイショだよ」

「…………」

かわいらしく口元に指をあててウインクをされ、ぐっときたものの、危ないことだけはしないようにと何度も念を押しておく。

実はルカの持ち物やアクセサリーもどれも高そうだし、今回の学生同士のものとは思えない驚きの高額な旅行の費用も私が払うと言ったのを断り、あっさり自分で払っていた。

「ええと……あ、ここもベッドルームなんだ」

それからも部屋の中を探検していると、不意に後ろからユリウスに抱きつかれた。

「わっ、びっくりした」

「つかまえた。レーネ、楽しそうだね」

最近は以前よりもずっとスキンシップが多くて、心臓は悲鳴を上げ続けている。

「こんなにいいホテルは初めて来たから、面白くて」

「これくらいで喜んでくれるなら、いくらでも手配するよ。二人で旅行に行こっか」

「いや……それはちょっとまだ……」

一緒に暮らしているとはいえ、まだそれは早い気がする。

ユリウスは「じゃあ冬休みね」と勝手に決めると、私の手を引いてリビングへ向かう。私が想像していたよりも「まだ」の期間が短すぎる。

「あ、来たわね。今日と明日のことを決めようって話していたの」

リビングでは既にみんな大理石の大きなテーブルを囲んでおり、お茶の準備もされていた。

ミレーヌ様に頷き、空いていたソファの右側にユリウスと二人で腰を下ろす。

「今日と明日はこの辺りをのんびり自由行動にしようかと思うんだけど、いいかしら」

「はい、ぜひ！　そうしましょう」

常に十人という大人数で行動するのは大変だろうし、これだけ個性豊かなメンバーの行きたい場所が一致するとは思えない。

朝と晩の食事はみんなでとると約束し、それ以外は三つのグループに分かれることとなった。

「じゃあ私とミレーヌ様、ユリウス様で地下遺跡を見に行ってくるわね」

「うんうん。俺とラインハルトくん、ヴィリーくんは街中に行ってくるよ」

「そして私とルカ、吉田とセオドア様で船に乗りに行くと。完璧ですね！」

私と一緒がいいというかわいいルカ、そしてよく二人で幼い頃から船に乗っていたという吉田と王子の四人で行動することとなった。

吉田は去年の夏も趣味で激ダサボートに乗っていたくらいだし、船が好きなのかもしれない。

ユリウスも私と一緒がいいと言っていたものの、ルカと喧嘩になること、意外にも船酔いをすることをミレーヌ様に指摘され、強制的に私とは違うグループにされていた。

「…………」

「…………」

どう見ても納得していない視線を隣から感じ、明後日は一緒に遊ぶ約束をした。

この近くにある港は常に賑わっていて、観光船も多く出ているらしい。

「楽しみだね、姉さん。もしも姉さんが船から落ちて溺（おぼ）れたら、俺も後を追うから安心して」

「そこはぜひ一緒に助かる道を探そう」

ユリウスと反対側の私の隣に座るルカは、私の腕にぎゅっと抱きついて頬ずりをしてくる。

自分が世界一かわいいこと、どうすればよりかわいく見えるかを知っていてえらい。言動、存在の全てに一億点満点をあげたい。

たまに選択肢を大幅に間違えることもあるけれど、そこは姉として私が正していこうと思う。

「じゃあ一旦、それぞれの部屋に行って自由時間にしましょうか。夕食は二階のレストランを貸切にしてくれているそうだから、十八時に待ち合わせで」

てきぱきと仕切ってくれるミレーヌ様に感謝しながら、私達はソファから立ち上がった。

部屋割りは出発前に終えていて、テレーゼとミレーヌ様、ユリウスとアーノルドさんの三年組、二年生の男子四人組、そして私とルカで寝泊まりすることになっている。

「姉さん、あまり俺から離れないでね？　知らない国で不安なんだ」

「もちろん！　一緒にいようね」

ルカは唯一の一年生だし、私以外とでは気を遣うだろうとのことで姉弟の組み合わせになった。

みんなもルカにはとても優しいけれど、まだ関わりも薄いし、なるべく私が側にいなければ。

「レーネは本気でそいつが周りに気を遣うと思ってるんだ？」

「は？　なに、文句あんの？　喧嘩売ってる？」

「レーネがいないところでいつも喧嘩売ってくるのはお前じゃなかった？」

「何のことだか分かんないな」

「待った待った、ちょっと待った」

再びユリウスとルカの喧嘩が勃発しそうで、慌てて仲裁に入る。

この二人は常に何かしらの言い合いをしていて、逆に仲が良いのではないかとすら思う。

「じゃあユリウス、また後でね！」

「うん」

そうしてルカと陛下の部屋へ移動したところ、先程とはまた雰囲気が違って豪華だった。

私達二人だけなのがもったいないくらい広くて、お風呂までふたつある。

「……ふう」

ずっとずっと楽しかったものの、移動というのはやはり疲れるもので。手持ちの荷物を整理し、ぼふりと一旦ふたつあるベッドの片方に倒れ込む。

するとルカが近づいてきて横に寝転び、私の身体にぎゅっと抱きついた。

「姉さん、今日も一緒に寝ようね」

「寝相は良くないんだけど、もちろん。絵本でもなんでも読んであげる」

「やった、嬉しいな。絵本は持ってきてないから、また今度ね」

実は以前約束した「週末に一緒にお泊まりをする」という約束は果たされておらず、今回が初めての姉弟でのお泊まりになる。

絵本に関しては冗談だったものの、ルカが本当に嬉しそうにするものだから、なんだってしてあげたくなった。いつも健気（けなげ）で私を好いてくれているのが伝わってきて、かわいくて仕方ない。

「ルカは甘えんぼうだね」

「姉さんにだけだよ。……それに、今までは甘える相手もいなかったから」

よしよしと柔らかな桜色の髪を撫でるとルカは切なげに微笑み、長い睫毛を伏せた。

確かに男の子がこうして男親に甘えるというのは、なかなか難しいはず。その上、事故に遭った父を支えようと頑張ってきた身なら尚更だろう。

これまで辛い思いをしてきた分、ルカにはめいっぱい甘えてもらいたい。前世の私も、誰かに甘えたい、ぎゅっとしたいと思うことは何度もあった。

私がへこんだ時、リアル吉田がコンビニの肉まんを奢（おご）ってくれたのはいい思い出だ。

「いくらでも甘えていいよ、ルカのお願いなら何だって聞いちゃう！」

「ありがとう、本当に大好き。俺のこと、ずっと好きでいてね」

私の身体に回していた腕にさらに力を込めたルカは、上目遣いで私を見上げてくる。この顔に私が弱いと分かっていて、あえてやっているに違いない。その調子だ。

ルカからの愛情は少し重い気がするけれど、愛と憎しみは紙一重というし、これまでレーネを憎んでいた分の反動もあるのかもしれない。

「学園生活はどう？　好きな子とかできた？」

「そんなの必要ないし、できる気もしないよ。姉さん以外――あ、ミレーヌ先輩とテレーゼ先輩以外の女子はみんなすぐ俺のことを好きになるから面倒だし」

「な、なるほど……罪深い……」

みんなすぐ俺のことを好きになるから面倒、というパワーワードに面食らいつつも、間違いのない事実なのだろう。

ルカは姉の贔屓目なしに美形だし、Sランクということもあってそれはもうモテるはず。

「夏休みはお友達と遊びに行く予定とかないの？」

「ないよ。男だって媚びてくるしょうもない奴か、プライドだけは高いくせに能力は平均以下、身分でしか俺を見下せない奴ばっかりだしね。友達なんて必要ない」

きっぱり言い切るルカは、本気で友人を作る必要などないと思っているようだった。

「でも、友達はいた方が学園生活は絶対に楽しくなるよ」

「そもそも学園に通っているのは卒業さえしておけば将来役立つからであって、楽しむ必要があるとは思えないんだ。俺は姉さんさえいれば楽しいし」

ルカはにっこり微笑んだけれど、かつての私も似たような考えで行動し、それはもう後悔した。

私だってルカよりも一年早く卒業するわけで、寂しい思いはしてほしくない。夏休み明けはルカにお友達ができるよう、何か作戦を起こすのもいいかもしれない。

「ちなみに父さん、もうすぐ再婚するんだって。男爵家に婿（むこ）入り」

「ええっ、貴族に婿入り……!?」

「そうそう。俺と似て顔はいいからね、金持ちの未亡人に見染められたらしいよ。だから俺、もうすぐ男爵令息になるんだってさ」

突然の話に驚きで大きな声が出てしまったものの、これで色々と楽になると話すルカは、再婚自体には全く何も思うところがないらしい。

ルカは学園の寮暮らしを続けるため生活に変化もほぼないし、利点ばかりだと平然と話しながら私の髪にくるくると指先を絡めている。

「姉さんとの身分差も無くなって、外で気を遣うこともなくなるのは嬉しいな。平民ってだけで下に見られて面倒なことも多いし」

「そっか。ルカがそう思えるのならよかった」

「でも、妹ができるんだって。そいつも俺のことを好きになったらどうしよう、面倒だな」

「ええっ、でも流石（さすが）に兄妹って関係で……はっ」

ルカは確かに誰でも好きになってしまうほどの超絶美少年だけれど、血は繋がっていなくとも兄妹という関係なら流石に大丈夫――と言いかけたところで、ブーメランが私に突き刺さった。

ユリウスと私も同じような関係のため、何も言えなくなる。

「とにかく俺は何があっても姉さん一筋だからね」

「あ、ありがとう……？」

私やルカを取り巻く家系図がさらに複雑になると思いながらも、ルカが新しい家族と上手くいくことを願うばかりだ。

「ふわあ……眠たくなってきちゃった。姉さん、あったかくていい匂いするから」

「少しお昼寝する？」

「いいの？　夕食まで色々見に行きたいって言ってたのに」

「うん、いいよ。移動で疲れたよね、実は私もなんだ」

眠そうに私の腕に顔を押し付けるかわいさに心の中で血を吐きながら、笑顔を向ける。

するとルカは「ありがとう」と微笑み、そっと目を閉じた。

「……まあ、姉さんを独占したいだけなんだけど」

「えっ？」

「おやすみなさい」

ルカこそ温かくてお菓子のようなとても良い甘い香りがして、私もだんだんと眠くなってくる。

そして結局二人で爆睡してしまい、夕食に少し遅刻してしまったのだった。

◆◆◆

夕食を終えて宿泊部屋のリビングで書類仕事をしていると、ミレーヌがやってきた。

「あらやだ、ユリウスってばこんな場所に来ても仕事なんてしているのね」

「最近は忙しいから。そう言うミレーヌは何をしにきたわけ？」

「じゃーん」

らしくない声で楽しげに笑うミレーヌの手には、年代物の高級シャンパンがある。その後ろではアーノルドがシャンパンボトルを引き立てるように、両手をひらひら振っていた。

「もう私たちも十八歳だし、たまには飲むのもどうかしら」

「なんだかんだ三人で飲むのは初めてだしね。仕事は後にしてさ」

この国では十八歳から飲酒が許可されており、俺がこのメンバーの中では一番最後に十八歳の誕生日を迎えたばかりだった。

とはいえ社交の場――特に祝いの場なんかでは、十六歳から酒で乾杯をすることも少なくない。

そのため過去に何度も酒を飲んだことはあったし、自分の適正量は理解しているつもりだった。

「一杯だけならいいよ」

「ユリウスはかなり強い方じゃない。酒癖が終わっているアーノルドはともかく」

俺の向かいのソファに腰を下ろしたミレーヌは、シャンパンボトルを自ら開栓する気らしい。

ちなみにアーノルドは飲み過ぎると普段以上に距離感がおかしくなるため、気を付けなければ厄介なことになる。過去にも多くの令嬢が人生を狂わされていた。

「そういえば、最近は社交の場でも全く飲まなくなったわよね。どうして？」

「自制心を保つため」

書類に目を通しながらそう答えると、ミレーヌが飛ばしたコルクが天井に当たったらしく、スコンという間抜けな音が室内に響いた。

顔を上げると大きな目を見開き固まる、珍しい表情をしたミレーヌと視線が絡んだ。

「……あなた、本当にレーネが好きなのね」

「いつだってそう言ってるけど」

書類の束をテーブルに置いて静止するミレーヌの手からボトルを取り、三つのシャンパングラスに金色の液体を注いでいく。

「そんな相手が同じ屋根の下で無防備な姿で暮らしているんだから、俺だって必死だよ」

記憶を失ってからのレーネは、貴族令嬢とは思えない感覚で腕や足を出すようになった。それでいて風呂上がりや夜遅くでも俺のもとを訪れるのだから、いい加減にしてほしい。

レーネが俺を異性として好いてくれていることも、今は分かっている。

それでいて、まだ俺に対して「家族」「兄」の感覚も大きいからこそ、俺がどれほどの愛情と欲を抱えているのか気付いていないようだった。

『レーネってほんと色気がないよね』

あんなの、嘘だった。そう自分に言い聞かせているだけ。

笑顔や髪を上げた真っ白なうなじ、何もかもに腹立たしいくらいに心臓が高鳴った。

「でも今日ここには私とアーノルドしかいないじゃない」

「酔ったら会いたくなるし、会いに行きそうだから」

そもそもあの弟と二人で一緒に寝泊まりするということ自体、面白くない。今日の夕食だって、二人で昼寝をしていて遅れたと聞いた時には、それはもう苛立った。

血が繋がっている弟だとしても、歳の差もなければほとんど顔を合わせていなかったようなものなのだから、異常にベタベタしている姿を見ると腹が立つのは当然だ。

「ま、大丈夫だって。ね？」

俺の肩に腕を回したアーノルドにグラスを手渡され、三人で軽くグラスを合わせる。

「あら、美味しい。いい値段がするだけあるわね」

「確かに」

飲みやすくて悪くないと思いながら、グラスにもう一度口をつけた。

レーネは見るからに酒に弱そうな顔をしているし、十八歳になっても俺がいない場では絶対に酒を飲まないよう言い聞かせなければ。

「そういえば、知り合いの女の子がユリウスにお見合いを断られたって悲しんでたよ」

「見合いも縁談も来すぎて、どれのことか分からないな」

俺宛てには常に数えきれないほどの縁談の申し込みが来ており、どこかで見染められたのか近隣の国の第四王女との見合い話まであった。

最近では強い魔力を持つ身分の高い令嬢ならば話を聞いてみるくらいはいいのではと、ウェインライト伯爵が乗り気になり始めたのもあって、余計に面倒だった。

ジェニーがSランクにはなれそうにないこと、レーネには結局それ以上を期待していないこともあってのことに違いない。

「ユリウスって本当にモテるわよね、異常だと思うわ。どうしてなのかしら」

「さあ?」

「一目見るだけで好きになっちゃうらしいよね。なんかオーラがあるんだって」

常に周りからは好意を向けられ、ミレーヌ以外の異性とは友情すら成り立たないくらいだった。

俺としては面倒なだけで、レーネ以外の有象無象なんてどうでもいいというのに。

「肝心なレーネちゃんはさっぱりした感じなのにね」

「殺すよ」

「それでいて、ここ最近のユリウスはレーネに執着しすぎよね。重くて面倒な男は嫌われるわよ。この先もずっと一緒にいるなら、もう少し距離を保ったら?」

端から見ても俺のレーネへの独占欲は度が過ぎているらしく、呆れた眼差しを向けられる。

とはいえ、自分でも原因は分かっていた。

「それくらい分かってる。……でも」

「でも?」

「正直、舞い上がってる」

レーネも俺を好いてくれているという事実に浮かれ、既に自制心を失っている自覚はあった。

そんな本音を話すと、ミレーヌとアーノルドは顔を見合わせた後、二人して口元に手をあてた。

驚きを隠す気はないらしく、目を瞬いている。

「ユリウスってこんなキャラだった？」

「まさか。本当に恋は人を変えるのね」

レーネから告白をされるなんて思ってもみなかった上に、一生懸命でまっすぐな言葉の全てが嬉しくてどうしようもなかった。

きっと俺は一生、あの日のことを忘れないだろう。

『ユリウス、大好きだよ』

『私、人生で一度きりの告白のつもりなんだ。指輪を誰かに贈るのだって、最初で最後だよ』

『毎年、一緒に一番を更新していこうね』

——ずっと恋愛なんてくだらない、不要なものだと思っていた。

恋愛感情に振り回されるような、なりふり構わない姿を見ると吐き気がする、なんて言っていたのは俺自身だったのに、滑稽すぎると呆れた笑みがこぼれる。

けれどもう何もかもどうでも良くなるくらいレーネがかわいくて眩しくて、愛おしく思えた。

「まあ、いい加減そろそろ落ち着かないといけないとは思ってるよ」

俺にとってはレーネが全てだけれど、レーネの中では友人の存在が大きいことも分かっている。

レーネがどれほどこの旅行を楽しみにしていたのかも知っているし、友人や弟との時間だって大切にしたいことも理解しているつもりだ。

上手く線引きができず、レーネからの愛情が少しでも損なわれることは避けたい。

俺とは気持ちの大きさにも差があることは分かっているし、レーネにとっての「良い恋人」でいるべきだろう。俺の良いところなんてこの顔と魔力、外面の良さくらいしかないのだから。

「ユリウスが本音を話してくれるなんて珍しいね。嬉しいなあ」

「抱きつくな」

「ふふ、そうね。記念にもう一本開けましょうか」

やけにご機嫌なアーノルドとミレーヌに、自然と口元が緩む。

明日からは少しレーネや周りへの態度を改めようと決めて、グラスの中身を飲み干した。

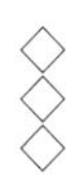

旅行二日目の朝、私は身支度をしてルカと共に朝食の場であるレストランへやってきた。

「おはよう二人とも！　いい朝だね」

「あら、レーネ。おはよう」

「おはようレーネちゃん。今日もかわいいね」

「いやいや、テレーゼもラインハルトも朝日より眩しいよ」

寝起きから美形に囲まれ、目がチカチカする。希望の朝という感じで大変ありがたい。

朝食はバイキング形式になっていて、入り口で会ったラインハルトとテレーゼ、ルカと好きな食べ物を皿の上に乗せていく。

ちなみに本来は朝からコースらしいものの、私のリクエストでこの形式になっている。旅行の朝と言えば朝食バイキング（オレンジジュース飲み放題）が、一般市民の私のイメージだった。

「朝ってあまり食べられないから、この形式はありがたいわ」

「俺は逆にがっつり食えていいけどな」

「本当？　良かった」

後から合流したヴィリーも喜んでくれているようで、良かったと笑みがこぼれる。

私は冷やかし程度のサラダとたくさんのローストビーフがメインだけれど、テレーゼは野菜多めで全体的にとても少量だ。

ヴィリーは野菜ゼロのお肉や揚げ物メインだし、ラインハルトは果物やデザートなどの甘いものが多めで、それぞれしっかり個性が出ている。

「俺は姉さんにとってほしいな」

「よし、お姉ちゃんにまかせて！　ルカの健康は私が守る」

成長期のかわいいルカに関しては、栄養バランスを考えた盛り付けをした。こんな些細なことでもルカは「嬉しい」「残さず食べるね」と喜んでくれて、あまりの尊さに涙が出そうになる。

「あっ！　吉田もおはよう！」

「ああ、おはよう」

吉田に普通に挨拶を返してもらうだけで、とても嬉しくなる。

そう話すと「健気か」と笑われてしまった。

「わあ、こちらも性格が出てるね。吉田っぽい」

「お前もな」

吉田のプレートの上には、きっちりとお手本のように全ての料理がバランスよく乗っていた。

その隣に立つ王子のお皿の上は芸術作品かと思うほど美しく色とりどりで、なんだか全体的に茶色くて質素な私とは、同じメニューから選んだとは思えないクオリティだった。

そうして席へ向かおうとしたところ、今度は三年生組がレストランへ入ってくるのが見えた。

「おはよう、レーネ」

「ユリウスもおはよう。昨日はよく眠れた？」

「うん。おかげさまで」

ユリウスは笑顔を返してくれて、そのままアーノルドさんと共にトレーとお皿を取りに行った。

一方、ミレーヌ様はお皿ひとつに手早くフルーツを乗せ、静かにトングを置く。

「もしかしてミレーヌ様、それだけなんですか？」

「ええ、朝はサラダか果物だけよ」

「………………」

美女には美女の理由があるのだと思いながら、自身のローストビーフタワーから目を背ける。

その後はルカと席についてお喋りをしていると、やがて盛り付けを終えたらしいユリウスがテーブルへやってきた——ものの、何故か一番端の席に腰を下ろした。

「…………？」

ルカと反対側の私の隣は空いているのに、と首を傾げる。

いつもならこういう時は必ず私の隣に座ってくれるけれど、今は気分じゃなかったのだろうか。

「あ、レーネちゃんの隣空いてる。俺が座っちゃお」

結局、一番最後にやってきたアーノルドさんが私の隣に座り、みんなで食事を開始した。

「レーネちゃん、今日の髪型は珍しいね」

「はい、ルカが結んでくれたんです」

今日の私は編み込みの三つ編みで、ゆるく崩した感じがとてもかわいいヘアスタイルだ。

鏡台の前で格闘していたところ、ルカがささっと一瞬で器用に結んでくれたのだ。

何故かかなり手慣れていて一体どこで覚えてきたんだろうと気になったものの、なんだか怖くて聞けずにいる。

「アーノルドさんは少し顔色が悪いように見えますが、大丈夫ですか？」

「実は少し二日酔いなんだ。昨日は遅くまで三人で飲んでたから」

「わあ、そうだったんですね」

この世界では十八歳からお酒が飲めるため、法的に問題はない。

それでも前世の記憶があるせいか、学生が飲んでいると聞くと違和感を覚えてしまう。けれど三人が仲良く乾杯している姿は、どんな美しい夜景よりも映えるに違いない。

「その様子を肴に私も飲みたかったです」

「レーネちゃんも来年、一緒に飲もうね。ユリウスが許してくれればだけど」

「…………？」

ちなみに私たち一・二年生組は、遅くまでカードゲーム大会をして遊んだ。

テレーゼと王子、ルカがやけに強く、私やラインハルトは悔しい思いをしながらも、とても楽しい時間を過ごせたように思う。

夜中にパジャマ姿でみんなで集まって、普段は食べないような時間にお菓子を摘んだりお喋りをしたりするだけで、すっごくワクワクした。

最終的にはお子様枠の私とヴィリーが寝落ちしてしまい、お開きになったという。弟のルカより先に眠ってしまうあたり、相変わらず姉の威厳なんてものは一切ない。

「あいつ、なんかおかしくない？　いつも姉さんの隣を陣取ってるのに。喧嘩でもした？」

「何もなかったと思うけど……」

ユリウスはこちらを見ようともせず、隣の吉田と何かを話している。

確かにさっきもいつもより少し素っ気なかったため、なんだか気になってしまう。昨日ユリウスに何かした覚えはないし、むしろ昨日はあまり会話もできなかった気がする。

胸の奥が少しもやっとしてしまいながらも朝食はしっかり完食し、デザートはおかわりした。

「美味しかったね。この後は予定通り、自由行動かな？」

「そうね。私達は三十分後に出発するつもり」

朝食後は早速、昨日決めたメンバーに分かれて観光をして回ることになった。

既に身支度は終えているため、私たち四人は早速出かけることにする。

「じゃあ、我々は行ってまいります！　夜ご飯には間に合うようにするね」

「ええ、行ってらっしゃい」

「なんか土産買ってきてくれよな！」

「また後でね、レーネちゃん」

レストランを出たところでみんなに見送られ、笑顔で手を振る。

夕食まではかなり時間があるし、船に乗った後は街中を観光する余裕もありそうだ。

「ユリウスもまた後でね」

「うん、楽しんでおいで。行ってらっしゃい」

最後にユリウスに声をかけると、笑顔を向けられた。至って普通のやりとりではあるものの、普段よりさっぱりしている気がしてならない。

何かあったのかと気になりながらもルカや吉田、王子を待たせているため、帰ってきてから聞いてみることにした、のだけれど。

「行ってきま――ユリウス？」

背を向けて歩き出してすぐ、不意に腕を掴まれた。足を止めて振り返ると、なぜかユリウスは引き止めるように私の腕を掴んでいた。

見上げると、戸惑った顔をしたユリウスと視線が絡む。なんというか、無意識に引き止めてしまったという感じがする。

それでもユリウスはすぐにいつもの笑みを浮かべ、私からパッと手を離した。

「ごめん、なんでもない。楽しんできてね」

「うん、ありがとう」

そう返事をしながらもやっぱり何かあったのかもしれないと気になって、今度は私がユリウスの腕を掴み、少し伸びた銀髪のかかる耳元に口を寄せた。

「帰ってきたら二人で会ってくれる？」

こそっと耳打ちをすると、ユリウスは切れ長の目を見開く。

もちろんみんなで過ごすのもすごく楽しいけれど、ここ最近はユリウスと二人きりの時間が毎日あったせいか、無性に寂しく思えてしまった。

「なんで？」

「えっ？」

「なんで俺と二人で会いたいの？」

真剣な表情で尋ねられ、少し面食らってしまう。

恋人という関係においても、二人で会うことに何か理由が必要なのだろうか。

そもそも普段のユリウスなら、そんなことも聞かずに喜んでくれる気がするのに。

「深い理由は全くないんですけれども……普通にただユリウスと一緒にいたいなと」

照れながらも正直な気持ちを伝えると、ユリウスはやはり戸惑うような反応をした。

「……レーネって、そんなに俺のこと好きなんだ」

そんなユリウスに私の頭の中は「？」でいっぱいになる。

あんなプロポーズまがいの告白をして付き合っているのに、どうしてそこに驚くのだろう。

「あの、ユリウス――わっ」

「良かった」

不思議に思っていると突然引き寄せられ、頬に柔らかい感触がする。

頬にキスをされたのだと理解するのと同時に、顔が熱くなった。

ただでさえ接触行為は恥ずかしいというのに、みんながいる場なら尚更だ。

「すごいね、レーネちゃんは。俺の決意とか気遣いをあっさりダメにしてくれちゃって」

「？？？？？」

「たった一時間しか持たなかったな」

一体何のことかよく分からないものの、ユリウスはいつも通りの笑顔に戻っていてほっとする。

けれど突然のデレはキスだけでは収まらず、ぐいと腰に腕を回され、耳にも唇が触れた。

「帰ってきたら、二人でたくさんいちゃいちゃしようね」

「？？？？？？？？？？」

「恋人らしいこと、たくさんしよう？」

先程までの少しのツン感はどこへやら、いきなりの激甘展開に頭はショート寸前になる。初心者の私にはよく分からないけれど、恋人同士における何らかの心理戦なのだろうか。

あまりの甘い囁き(ささや)に耳が溶(と)けてなくなると焦り、思わず自身の耳を隠してしまった。

「おい、姉さんによくも……！　最っ悪なんだけど」

そして今のキスやハグをルカにだけは見られていたらしく、ずかずかとこちらへやってくると、私とユリウスの間に割り入った。

ごしごしと服の袖で私の頬を思い切り擦り、あまりの勢いに摩擦で発火しそうだ。

「姉さんに触るな」

「恋人なんだから、これくらい序の口だけど？」

「ええっ」

これが序の口なら、この先には何が待ち受けているのだろうと私が一番動揺してしまう。

ルカはユリウスを睨んでいたけれど、ぱっと私に向き直ると両手を組み、うるうると大きな私と同じ色の瞳を潤ませた。

「姉さん、やだよ。やだ」

私がこの顔に弱いと分かっていてすかさず出してくるあたり、とても賢い。

「うっ……と、とにかく行こうルカ！　それでは、また！」

頬とはいえキスをされているところを家族に見られるというのは恥ずかしいし、ルカにこうしてあざとくかわいくせがまれると、うっかり何でも聞き入れてしまいそうで恐ろしい。

とにかく船に乗らなければと自分に言い聞かせ、ルカの腕を掴み急ぎ足で玄関へ向かっていく。

「あはは、行ってらっしゃい」

ユリウスの楽しげな声を背中越しに聞きながら、私は逃げるようにホテルを後にしたのだった。

それから三十分後、私とルカと吉田と王子は四人で仲良く海沿いの道を歩いていた。

美しい海と穏やかな波の音に、心が浄化されていく気がする。

「本当に綺麗な海だよね。吉田の心くらい」

「そうか」

「それにかなり深そう。吉田の懐の深さくらい」

「いちいち俺で例えんでいい」

そんな会話をしながらのんびりと歩く時間は、とても心地の良いものだった。

私と手を繋いで隣を歩くルカも楽しそうに海の生き物を眺めたり、物珍しげに貝殻を拾ったり、小さな子どもみたいでかわいい。

「セオドア様も海がお好きなんですね」

「うん」

王子もずっと海を眺めながら歩いていて、すれ違う人々はその姿を見ては足を踏み外したり、小さく悲鳴を上げたりしていた。

最近は見慣れてきていたけれど、改めて王子が凄まじい美貌なのだと実感する。

「………………」

「わ、ありがとうございます」

そして王子は顔だけでなくとても目が良いらしく、先程からルカが気に入ったらしい貝殻を見つけては拾い、渡してあげていた。

美形二人の微笑ましい光景に、私の口角は空まで飛んでいきそうになる。

「俺、セオドア先輩に嫌われてると思ってたから、ちょっと嬉しい」

ルカは綺麗な貝殻でいっぱいになった胸ポケットを眺めながら、ぽつりと呟く。

「えっ？　どうして？」

「俺が姉さんを嵌めようとしちゃった時、セオドア先輩に姉さんに余計なことをするなって言わんばかりに睨まれてたんだよね。その後も見張られてる感じがしてたし」

「セ、セオドア様……！」

いつも静かで穏やかな王子が私のためにそんな行動に出てくれたなんてと、胸を打たれる。

「…………」

思わず王子の手を取ってお礼を言うと、ふいと顔を背けられた。

どうしたんだろうと不思議に思ったものの、少しだけ頬が赤いのが見えて。まさかのまさかで王子が照れているのだと気付き、顔中の穴という穴から血を噴き出しそうになった。

「ヨシダ先輩も『俺の女に手を出すな』って怒ってたよ」

「よ、吉田まで……そんなにも私のことを……」

「吐くならもう少しマシな嘘を吐いてくれ。お前も信じるな」

この四人で過ごすのは初めてだけれど、笑いが絶えない。

まだまだ旅行は始まったばかりだし、最終日までずっと最高の日々になるという確信がある。

「あ、港に着いたみたい！　本当にたくさん船があるね」

港に到着するとそこには、大小様々な船が停泊していた。簡素なボートから豪華客船という感じのものまであって、見ているだけでワクワクする。

「なかなかだな」

実は誰よりも少年の心を持つ吉田も、後方で腕を組み頷いている。

ルカも王子もとても楽しげで、男の子っていいなとほっこりしてしまう。

「ええと確か、私たちが乗るのは……」

昨日の晩に時間やルートなどを調べ、みんなで今回乗る船を決めてきた。

鞄からパンフレットを取り出し、再度確認する。

「あっ、あの船だよ！」

真っ白な船体に金色のラインが引かれた流線型の、美しい豪華な船を発見した。一番上のデッキの上には椅子やパラソル、レストランなどがある。

美味しい食事を楽しみながらゆっくりとトゥーマ王国の海を回るツアーで、素敵な時間になることが約束されているようなものだった——けれど。

「お嬢ちゃんたち、ごめんね。実はもう前の人たちで満員になってしまったんだよ」

「ええっ、そんな……」

早速船に乗ろうとしたところ、船の手前で見知らぬおじさんに止められてしまった。

パンフレットには「高価なツアーのため満席になることはほぼない」と書いてあったのに、よほど運が悪かったのだろう。

「どうする？　他の船にするしかないよね」

「そうだな。俺は何でもいいが」

「俺も姉さんと一緒なら何でも大丈夫」

「………」

みんな同じ意見らしく、再びパンフレットを開く。

そうして近い時間で乗れるものを探そうとした途端、おじさんにひょいとパンフレットを取り上げられてしまった。

「この港じゃ、こんな紙はあてにならないよ。おじさんに任せなさい」

「あっ、なるほど……ありがとうございます」

キャスケットのつばに触れ、ばちこんとウインクしたおじさんはこの港の案内役的な存在らしく頼りになりそうだ。ニッコニコしすぎてもう目が糸みたいになっている。

「この船がさっきの船と一番似ているから、絶対にこれにした方がいいよ」

「そうなんですね。みんなもこの船でいい？」

「ああ。見た感じも悪くないな」

おじさんが指差した先にあったのは先程の船よりひと回り小さい感じの豪華な船で、かなり綺麗だし良さげなオーラがある。

みんなも同意してくれて、この船で海を満喫することにした。

「ほらほら、急いで乗って。出発しちゃうよ」

ぐいぐいとおじさんに背中を押される形で、慌てて船に乗る。

中に入ると私たち以外には十人ほどの若い男女のお客さんしかおらず、かなり空いている。あっちは満員なのにと不思議に思っていると、スタッフらしいおじさんに声を掛けられた。

「ようこそイカウユ号へ。右手を出してね～」

「はい。あの、お金とかは……」

「最後でいいよお～」

言われるがままに右手を出すと、ガシャンという派手な音とともに腕に鉄製のブレスレットが嵌められる。きっと遊園地とかテーマパークでよくある、入場者の証的なものだろう。

それにしてはゴツくてしっかりしていて、手錠みたいだ。さすが豪華客船だと勝手に納得しているうちにプアーという音が鳴り、船が出発したようだった。

「わあ、思ってたより速いね」

「本当だ。実は俺、船に乗るの初めてなんだ」

こういう船はゆったり進むと思っていたものの、競艇か何かではと突っ込みたくなるくらいの猛スピードで進んでいく。景色を眺めるもへったくれもない。

きっと見どころポイントではゆっくりと進んでくれるのだと信じたい。

「この速度、おかしくないか」

「……これ」

「えっ？」

吉田が窓の外を、王子が手首のブレスレットを見て、形の良い眉を顰めた時だった。

ぷしゅうという聞き慣れない音がしたかと思うと、視界が紫の煙で染まっていく。間違いなく良くないガスだと本能的に悟り、すぐに手で口元を覆う。

「なに、これ……」

それでも呼吸をしないなんて無理で、少し吸ってしまった途端、ぐらぐらと視界が揺れ、瞼が重たくなって吐き気が込み上げてくる。

泥酔した時に似た感覚に、気持ち悪くなって思わず膝をつく。

一体、何が起きているのだろう。

「……なんで、魔法が使えないわけ」

なんとか顔を上げると、みんなはこの煙を払うため魔法を使おうとしても使うことができず、私同様に苦しんでいるようだった。

私も最後の力を振り絞って風魔法を使おうとしたけれど、何故か魔法が一切発動しない。

こんなことは初めてで、頭が真っ白になった。

「ど、して……」

もう目も開けていられなくなり、座っていることさえ困難になる。

そうして視界が傾き意識を失う瞬間に見えたのは、こちらへと手を伸ばす吉田の姿だった。

「――さん、姉さん、起きて！」

「はっ」

悲しげな声がして目を開けると、泣きそうな顔をしているルカで視界がいっぱいになった。

慌てて身体を起こしたものの少し目眩がして、すかさずルカが支えてくれる。

「大丈夫？　まだ具合悪い？」

「ごめんね、ちょっと目眩がしただけだから大丈夫……って、ここどこ？」

「それは俺たちも聞きたいところだ」

深い深い溜め息を吐いた吉田の背景は、なぜか土壁で。慌てて辺りを見回すと、なんと壁以外の一部には太い鉄格子が嵌められている。ひどく簡素な牢屋（ろうや）という感じだ。

そして両手はなんと、鉄製のごつい手錠で拘束されていた。

私だけでなく王子も吉田もルカも同様で、どこからどう見ても捕まっている。

「えっ……ええええ……？」

先程まで船に乗っていたのに、どうしてこんなことになったのかさっぱり分からない。

呆然としながら救いを求めて吉田へ視線を向けると、吉田は手錠の着いた手で前髪をくしゃりと掴んだ。じゃらじゃらと、手錠の鎖の無機質な音が狭い牢の中に響く。

「そもそもお前だけ三時間くらい目が覚めなかったから、心配したんだぞ」

普通こういうのは、みんな同時に目が覚めるのではないだろうか。

心配をかけてごめんねと謝りつつ、未だに状況がさっぱり理解できない私に吉田は続けた。

「どうやら俺たちは船の中で催眠ガスによって眠らされ、この場所に攫われてきたらしい」

「う、うそでしょ……」

状況的には間違いなくそうなのだと分かっていても、全く現実味がない。それでも冷たい地面や硬い手錠の感触がリアルで、冷や汗が背中を伝っていく。

「それに俺たち以外にも捕まっている人間はいるみたいだね」

ルカが指差す方向へ視線を向けると、鉄格子の向こうには私たちが今いるような簡易的な牢に閉じ込められている人々が大勢いるようだった。

全体は見えないけれど、この空間はかなり広いことが窺える。

「本当になんなの、ここ……」

見る限り貴族だけでなく平民らしい人々も多く、私たちくらいの年齢の男女が多い。先程、船内で見かけた若者の姿もあり、声を上げて泣いている女性もいる。

なぜここに連れてこられたのか分からず困惑していると、牢の外からコツコツという足音が近づいてくるのが分かった。

「お、全員目が覚めたか。明日の朝からは早速働いてもらうから、今のうちに休んでおけよ」

やがて鉄格子の向こうに現れたのは、でっぷりとしていてやけに豪華な装いをした、四十後半くらいの男性だった。

くるんとした髭を撫で、肉に埋もれた両目をいやらしく細めていて、驚くほど絵に描いたような悪役姿をしている。

間違いなく私たちをここへ攫ってきた犯人の一味だろう。

「どういうことだ」

吉田の問いに、男はふっと意地悪く口角を上げる。

「お前らはこの地下強制労働施設に攫われてきたんだよ」

「ち、地下強制労働施設……!?」

とんでもないワードが飛び出し、つい復唱してしまう。

「ああ、この鉱山ではオリハルコンやミスリルが採れるんだ。お前らはここで一生、無償で働くことになるのだよ。運が悪かったな、ワハハハハ！」

「嘘だろう……おい、待て！」

嫌味たらしく大声で笑い、吉田の制止もむなしく男は去っていく。

「…………」

「…………」

「…………」

「…………」

再び静かになった牢の中で、私たち四人は無言で顔を見合わせる。

言葉の意味は分かっていても頭では理解できない――否、したくなかった。

「つ、つまり私たち、夏休みに隣国で楽しくバカンスをするつもりが、拉致されて地下強制労働施設で働かされるってこと……？」

口に出してみると、改めてとんでもない展開すぎて理解が追いつかない。

バカンスをするつもりが地下強制労働施設で働かされるという文章、意味が分からなすぎる。

一生のうちこの展開を経験する人間は私たち以外存在しないに違いない。

「……一体どうしてこんなことになるんだ」

「………」

吉田は肩を落とし、溜め息を吐き続けている。

王子はいつも通りの様子で、じっと私の顔を見つめていた。少し泥汚れがあっても眩しい。

「最近、隣国で地下労働ビジネスが流行ってるって本当だったんだ」

「えっ？」

一方、納得した様子のルカは、土壁に背を預けてぐっと両腕を伸ばした。

「聞いたことがあったんだよね。今は奴隷制度も禁止な上に賃金も値上がりしているから、こうして若者を攫ってきては労働力としてこき使うんだって」

「えええええ……!?」

「特に俺たちは観光客なのも分かりやすかったし、国外の人間となれば捜索も困難になるから目をつけられたんだろうね。元々乗ろうとしていた船が満員ってのも嘘で、誘導されたのかな」

「そ、そんな……」

「この規模を見る限り、組織としては親玉クラスだと思うよ」

大したことのないように話すルカは、まるで他人事（ひとごと）みたいで驚くほど冷静だった。

「お前はなぜそんなに落ち着いていられるんだ」

「こういうの、過去に何度もあったんで」

吉田の問いに対し、ルカはさらっと答えてみせる。

——父が事故に遭い誰も頼れなかった時、ルカは「生きるために何でもした」と話していた。もしかするとその時、こんな経験を何度もしたのかもしれない。心が痛みつつ、とにかくこのままではまずいとハラハラしてしまう。

「でもこんな美少女や美少年、ただ働かせるより売り飛ばしたりした方が儲かるんじゃ……」

「この辺りの国では人身売買は大罪だからね。買い手がほとんどいないから、単なる労働力としてこき使われるだけじゃないかな」

そういった心配がないのであれば、まだ少しは安心だろう。みんながバラバラになったり、傷つけられたりするのが一番恐ろしい。デスゲームとかでもなくて本当に良かった。

とはいえ、状況としてはかなりまずいことに変わりはない。

「ど、どうしよう……」

「とにかく隙を見て脱出するしかないだろうな」

「そうですね。ただ、魔法が使えないのは厄介だなと」

私一人が気絶している間に確認したところ、脱走や抵抗を防ぐためなのか、船に乗る際に手首に付けられたブレスレット型の魔道具によって魔法が使えなくなっているらしい。

こんな状況で魔法も使えないとなると、大ピンチにも程がある。そもそもこの場所がどこか分からないし、陸の孤島だったり……なんて考えると、脱出も相当厳しいに違いない。

それでも。

「でもほら、これまでも何度も死にかけたけどなんとかなってきたし、絶対に大丈夫だよ！」

「最悪の成功体験だな」

笑顔を向けると、吉田は冷静につっこんでくれた後、呆れたように笑ってくれる。

それに私たちがいつまでもホテルに戻らなければ、何かあったのだろうとユリウスたちも気付いてくれるだろうし、助けがくるかもしれない。

それに私はヒロインなのだから、こんなところでまだ死ぬはずがないと信じたい。

「ま、こんな経験は滅多にできないしね。ヨシダ先輩も楽しんだ方がいいですよ。色々あった俺だって現にこうして生きてますし」

「お前たち姉弟は前向きにも程があるだろう」

「エヘへ」

「姉さんと俺ってやっぱり似てるのかな、嬉しい」

「照れるな、全く褒めていない」

「………」

王子もふっと口元を緩めてくれて、ほっとする。

なんだかんだ、この中で一番精神年齢が大人なのは私なのだ。みんなだって内心はきっと不安だろうし、私が明るく努めて励ましていかなければと気合を入れる。

そして必ずここから四人で元気に帰ってみせると誓う。

——そうして私たちの夏休み、地下強制労働施設からの大脱出パートが幕を開けた。

「わっ見て吉田！　でっかいミスリル見つけたよ！」

今しがた掘り出したばかりの青白く輝くミスリルを、ハンマー片手に掲げる。

少し離れた場所で鉱石を掘っていた吉田は「良かったな」と適当な返事をした。その隣では王子も黙々と岩壁を掘っている。

ルカは「だる」と最初はサボっていたものの、私が「どっちが大きいのを見つけられるか勝負しよう」と声をかけたところ「うんっ！」と笑顔で頑張っていた。かわいい。

「でもこれ、犯人たちの儲けになると思うとやるせないね」

サボっていると見張りが罰を与えにくるため、気を付けなければならないのだ。

「本当にね。さっさと脱出して捕まえないと」

ルカは溜め息を吐くと、再びハンマーで岩を叩いた。

——地下強制労働施設に攫われてきてから、なんともう五日が経つ。

私たちはボロボロの作業着とヘルメットを身につけ、施設から繋がる鉱山にて、朝から晩まで発掘作業をさせられている。

魔法が使えないせいで、驚くほどアナログな手作業だ。

今頃は隣国の王都で楽しくスイーツ巡りをしているはずだったのに、どうしてこんなことに。

「それにしてもみんな、どんな服装でも似合うね」

上下ボロボロの紺色の作業着に赤いヘルメットという限りなくダサい服装なのに、美形が着ると高級品に見えてくるからすごい。

ちなみに本来、女性は桃色の作業着を着て地上での農作業が割り当てられるものの、私はみんなと一緒がいいとお願いして採掘作業にあたっている。

「おっ、新人。いい手つきだねえ、頑張れよ」

「ありがとうございます！　頑張ります！」

この場所に一年いるという二十代後半の先輩に声をかけられ、笑顔を返す。

爽やかなやりとりはまるで運動部の先輩後輩のようだけど、関係性は先輩の奴隷と後輩の奴隷というのが切ない。

攫われてきた人々は数百人いるようで、かなり大規模な組織犯罪なのが窺える。最大で五年ここで働かされている人もいると聞き、胸が痛んだ。

「おい、昼休憩だ！　さっさと来い！」

そんな中、辺りには見張りの苛立った声が響く。

私たちはハンマーを置くと、ぞろぞろとお昼の配給場所へと向かう。そこでパンひとつとスープの入った器を受け取り、空いているスペースに四人で輪になって腰を下ろした。

一日三回、決まった時間に全く同じ食事が出てくることで、ずっと地下にいてもなんとか日付感覚を保つことができている。

「おっと、足が滑ったわ」

「は」

座った途端、思い切りタックルをされたことで、吉田のプレートの上にスープの中身はぶちまけられ、パンは地面に転がった。

「残念だったなあ、代わりはないぞ。お前らにはその程度がお似合いだがな、ワハハハハ！」

「……くそ」

連れ去られた直後に現れたでっぷりと太った嫌味なぶん殴りたい男性――私たちは影でDBと呼んでいる、この施設で最も偉いらしい男は大声で笑い、去っていく。

DBは毎日こうして吉田やルカ、王子に対して陰湿な嫌がらせをしていた。

先輩から聞いたところ、美形を目の敵にしているんだとか。

「三秒以内に拾ったから大丈夫だよ！　私のと交換しよう、こう見えてお腹強いから」

「おい、別に交換しなくても――」

吉田が取り返そうとする前に拾ったパンにかじりつくと、「すまない」と困ったように笑ってくれる。先日こうして落ちたものを食べて、吉田のお腹が痛くなったのを私は知っている。

「ヨシダ先輩、俺のスープもどうぞ」

「…………」

「……ありがとうな」

中身がほとんどこぼれてしまった吉田の器に、ルカと王子がそっとスープを分けていく。

DBの嫌がらせのたびに、私たちの絆は強くなっていく気がする。

「あいつ、俺たちを目の敵にしすぎじゃない？　ほんと殺したいんだけど」

「…………」

ルカだけでなく、王子の表情にも苛立ちが浮かんでいる。流石に私も大切な弟や友人たちへの扱いに腹が立ち、毎晩呪詛をかけていた。

みんなにだけ過酷な仕事をさせたり、労働時間を伸ばしたり、少ない質素な食事に対してもこうして嫌がらせをしたりと、本当に今まで出会ってきた中でもトップクラスに嫌な人間だ。

「絶対に一度、思いきり殴ってやらないと！」

「姉さんは優しいね、俺は息の根を止めるまで殴りたいよ」

かわいい顔で物騒なことを言ってのけるルカは、相当イライラしているようだった。既に何度か手を出そうとしていて、必死に三人で押さえつけているくらいだ。

DBの他にも大勢の見張りがいる上に魔法が使えないとなると、すぐに取り押さえられて酷い罰を受けるのが目に見えている。

「このパン、本当に噛めば噛むほど悲しい気持ちになってくね」

「分かる。どうしたらこんなまずいもの作れるんだろう」

「逆にすごいよ、嫌がらせのために作ってるとしか思えないもん。小麦粉に謝ってほしい」

お腹を満たそうとして硬いパン一口を何度も何度も噛んでいるものの、ボッソボソで味は薄く、全く美味しくない。

スープも具はほとんどなく、一ミリほどの人参や玉ねぎなどの野菜が気持ちだけ入っている。

「今なら地上の食べ物、なんでも涙が出るほど美味しく感じそう」

「だろうな」

ここに来てからというもの、地上で暮らしていた頃——もはや遠い昔に感じられる頃、どれほど恵まれた生活をしていたのかを実感した。

そもそも普段生活をしていた場を当たり前のように「地上」と呼んでしまう辺り、もう既に地下に染まってきていて恐ろしい。

「セオドア様、大丈夫ですか？」

「うん」

王子はいつもの様子のまま、黙々と食事をとっている。

私たちの中で一番辛い思いをしているのは、間違いなく王子だろう。生まれてからずっと最高級のもののみに触れてきたはずだし、こんな環境など普通は耐えられないに違いない。

それでも平然としている王子に胸を打たれてしまう。

「……ユリウスたちも心配してるよね」

楽しい旅行に来たはずが、私たち四人が失踪したことで観光などできる状況ではないだろう。

この場でなんとか明るく過ごしている私たちよりも、落ち着かない日々を送っている気がする。

一刻も早く脱出して、元気な姿を見せなければ。

「セオドア様が失踪した以上、国をあげて捜索しているはずだ。俺たちが脱出するよりも早く助けが来るかもしれない」

「うん、そうだね」

一国の王子が他国で失踪したとなれば、国際問題もまったなしだろう。

助けを期待しつつ私たちにできることはしようと、ひそひそ脱出作戦について話し合っていく。

「この五日間で動ける範囲を調べてみたが、地上への出口は一箇所しかないようだ。見張りも常に複数いるし、仕事と風呂の時間以外は牢の外から出られないとなるとかなり厳しいな」

「やっぱり魔法が使えないのが一番辛いですね」

吉田とルカの言葉に、王子とともに頷く。

そもそも一日中作業をするのは辛く、牢の中へ戻ると疲れて泥のように眠ってしまう。この日々が続けば、さらに体力は奪われていくばかりだろう。

見張りは屈強な男性ばかりで、魔法なしでは力づくでどうにかするのも難しいはず。

とにかく少しでも情報を集めた上で、対策を練るしかない。

「私は先輩方からも情報を聞き出してみるね。長くいる人なら、何か知っているかもしれないし」

「ああ。怪しまれないように気をつけろ」

「了解です！」

こうして話をしているうちに、カンカンという作業再開を知らせる音が響く。

サボったりトラブルを起こしたりした場合は罰で鞭打ちなんかもあるらしく、仕方なく重い腰を上げて作業場へと向かう。

「おい退け！　新人のくせにボサッと突っ立ってんじゃねえ」

「わっ」

「大丈夫？　姉さん」

後ろから思い切り体当たりをされ、ふらついたところをルカが支えてくれる。

私にぶつかったのは、二十歳ほどの若い男性の作業員だった。優しい人もいるものの、ここにいる時間が長い人々ほど威張り散らしている傾向がある。

そう、敵はＤＢだけではないのだ。

けれど私なんて五日ですでに辛いし、こんな場所に長年いるとなるとかなり辛いだろう。屈折してしまっても仕方がないと思えてしまう。

「おいお前、姉さんに何するんだよ」

「はっ、姉さん？　ガキは姉ちゃんに大人しくヨシヨシしてもらってろよ」

「あ？　殺すぞ」

その一方で、ルカはもう色々と我慢の限界がきているようだった。

一触即発寸前の二人の間に入り、慌ててルカの腕を掴む。

「ルカ、落ち着いて。ここでトラブルを起こしたら罰があるだろうし」

「でも姉さん、穏便に暴力で解決をしておかないと、こういう奴は後から面倒だよ」

「本当にお願いだから落ち着いて」

笑顔で拳を握りしめているルカは、穏便という言葉の意味を知らないのかもしれない。

なんとか吉田とルカを押さえて作業場に戻った私は、改めて早くこの場から脱出しなければと気合を入れたのだった。


それからさらに三日が経った頃、作業を終えてもはや我が家のような安心感すら出てきた牢へと戻ってくると、いつもより空気が重い気がした。

今日は私だけ違う場所での作業だったため、三人と会うのは朝ぶりだった。

「ふう、今日もたくさん働いた――って、どうかしたの？」

いつもならみんなで絶えず会話をしているのに、吉田も王子もルカも全員が口を閉ざしている。

牢の入り口で立ち尽くす私のもとへ立ち上がったルカがやってきて、耳元に口を寄せた。

「セオドア先輩とヨシダ先輩、喧嘩したっぽいよ」

「ええっ」

信じられない言葉に、思わず大きな声が漏れる。

誰よりも仲が良くて穏やかな二人が喧嘩だなんて、とても信じられない。けれど二人は背を向け合い唇を真横に引き結んでいて、言われてみると険悪な雰囲気に見えてくる。

昨日だってDBによって王子の貴重なパンが踏み潰された末、分け合っていたというのに。

「ど、どうしてそんなことに……」

「俺も少し離れた場所にいたから詳しくは分からないんだけど」

友人がいなかった私は、友人と喧嘩をしたことなんてない。そのため、こんな時にどうすれば良いのかも分からなかった。

「放っておいた方がいいよ。そのうち勝手に解決するだろうし」

「でも……」

ルカはそう言ったけれど、こんな状況で喧嘩なんてお互いに苦しいはず。

私が過酷な環境の中で明るくいられるのも、三人がいてくれるお蔭だ。一人だったなら、泣き暮らしていたに違いない。

吉田と王子が大切に思い合っているのを知っているから、尚更だった。

「明日には元に戻ってるかもしれないしさ」

「……うん」

「それにこんな環境にいたら、誰だって苛立っていつも通りじゃいられなくなるって。慣れてる俺はともかく、姉さんこそそんなに明るくいられるのはすごいよ」

ルカの言う通り、元の世界で言うと高校二年生くらいの子どもが家族と引き離され、過酷でストレスも溜まる陽の光もない場所に閉じ込められていたら、余裕なんてなくなってしまうはず。

ひとまず少し様子をみようと決めて、何も言わずにいたのだけれど。

「…………」

「…………」

翌日もずっと雰囲気は暗いままで、王子と吉田の間に会話はない。

いてもたってもいられなくなった私は、王子とルカがお風呂に行っている間にこっそり吉田に声をかけてみることにした。

「ねえ、セオドア様と何かあったの？」

「……ああ。空気を悪くしてすまない」

「ううん、私たちは大丈夫だよ。でも、二人にはいつも通り仲良くしていてほしいなって」

友人たちが気まずい空気でいるのを見ていると、心臓が鉛になったみたいに胸の奥が重たくて苦しくなる。もしも自分が誰かと喧嘩してしまったら、もっともっと苦しいに違いない。

吉田は目を伏せた後「実は」と話し始めた。

「セオドア様の分も作業しようとしたのと、食事を多く分けたのが原因だ」

「…………？　それでどうして喧嘩になるの？」

吉田は王子を気遣っただけだろうし、それだけでいつも穏やかな王子が怒るとは思えない。

「特別扱いするなと言われて、そこから軽い口論になった」

「特別扱い……」

王子は意味なく怒る人ではないし、何か理由があったのだろう。吉田も初めてのことに戸惑い、こんな状況ではあまり心に余裕もなかったため、口論になってしまったという。

とにかく王子に詳しく理由を聞かなければ、解決には至らないはず。

「よし、もう一度ちゃんと喧嘩しよう！　思いっきり！」

「は？」

「ここはお互いに全部話してぶつかった方がいいと思う」

話を聞いた限りでは、王子も吉田もお互いに遠慮しているような感じがする。

だからこそ、お互いに思うところがあっても「軽い」口論で終わった上に、原因すら分からないままなのではないだろうか。喧嘩自体が半端なせいで、未だに仲直りできずにいる気がする。

吉田にもその自覚があったのか「確かにそうかもしれない」と呟いた。

「だが、喧嘩などまともにしたことがない。どうすればいいんだ」

「実は私もないんだけど、ここは任せてほしい」

ぐっと拳を握ってみせた私を見る吉田の顔には不安だと書いてあったけれど、王子たちが帰ってきた後、早速二人の喧嘩を行うこととなった。


「ではこれより、吉田とセオドア様の喧嘩を始めたいと思います」

「すごいね、姉さん。そんな宣言から始まることってあるんだ」

隣に座るお風呂上がりのルカは、感心したように呟いていている。

先程戻ってきたばかりの王子に「吉田と再度喧嘩してほしい」と伝えたところ、あっさり「分かった」と頷いてくれた。

そうして喧嘩について無知な私がこの場を取り仕切った結果、今に至る。間違えているという自覚はあるものの他に方法もないため、もうこのスタイルでいこうと思う。

王子と吉田は私たちの前で、向かい合って座っていた。

「ではまず、吉田選手の言い分からお願いします」

「誰が選手だ」

吉田は息を吐くと、顔を上げて口を開く。

「俺は父からも両陛下からも、セオドア様のことを頼むと言われています。ですから少しでもセオドア様にご負担のないようにすべきだと思いました。立場を考えれば当然のことです」

「……………」

なるほど、吉田の言うことは理解できる。もしも王子に何かあった場合、きっと一番に責任を問われるのは吉田と吉田父だろうから。

王子はじっとエメラルドの瞳で吉田を見つめ、無言のまま。

「それに俺自身、セオドア様には感謝しています。父が爵位を賜って平民から貴族になった際も、何も分からない俺を何度も助けてくれましたから。そんな気持ちもあっての行動でした」

それでいて吉田は純粋な王子への感謝から、例の行動にでたそうだ。

——生まれながらの生粋の貴族の中には平民上がりの人間をよく思わない人々も少なくなく、当初は風当たりも強かったという。

けれど王子がフォローしてくれたお蔭で、吉田は辛い思いをせずに済んだそうだ。

吉田はやがて、私へ視線を向けた。

「……そんなセオドア様の側にいる以上、完璧な人間でいなければならないと思い込んでいた。当初お前に対して強く当たってしまったのも、Ｆランクと関わっては見下げられるかもしれないと、周りからの目を気にしてのことだった」

吉田が言っているのはきっと、一年の初めに体育倉庫に閉じ込められた時のことだろう。

『どうして俺が、お前みたいなバカに勉強を教えなければならないんだ』

『Fランクに名乗る名などない』

確かにツンが強めだったけれど、それからしばらくして勉強を教えてくれたり倒れてきた棚から守ってくれたりと、吉田はなんだかんだ最初から優しかった。

それに一国の王子と行動を共にする以上、周りからの目を気にするのだって当然だ。本来は付き合う相手を選ぶのも、貴族としては正しいことだと知っている。

「今更になってしまったが、すまなかった」

「吉田……」

それでも真摯に謝ってくれる吉田の姿に、胸が締め付けられた。

あの時の私だって自分のことしか考えていなかったし、むしろ吉田は巻き込まれた側で、謝る必要なんてないというのに。

「だが、お前たちといるようになって、そんなことを気にしていた自分が馬鹿らしくなった。セオドア様だって周りの目など、気にされるはずがないと知っていたのにな」

吉田の言葉に、セオドア様も静かに頷く。

泣きそうになる私が唇を噛んで黙っている間に、吉田は再びセオドア様に向き直った。

「とにかくあなたはこんな場所で、こんな扱いを受けて良い方ではありません。だから俺は自分のしたことが間違っているとは思いませんでした」

「………」

「以上だ」

吉田のターンは終わったらしく、その言い分の全てが理解できる内容だった。

私はぐすっと鼻をすすり、王子へ右手を向ける。

「では次にセオドア様、お願いします」

「………」

それから少しの沈黙が流れた後、王子が薄い唇を開いた。

「マクシミリアンの気持ちは嬉しい。その立場だって考えだって理解できる。だからこそ、以前から俺に対して常に配慮してくれていることも分かっていた」

王子はまた一呼吸置いたあと「だが」と続ける。

「我が儘だと分かっていても、俺は友人としてマクシミリアンと対等でいたい」

その瞬間、眼鏡の奥の吉田の両目が見開かれた。

私も思わず息を呑み、王子の次の言葉を待つ。

「だから気を遣われたくはなかった。同じ目線で苦楽を共にしてこそ、真の友人だと思うから」

王子の言葉や声音からは、どれほど吉田を友人として大切に思っているかが伝わってきた。

正座している吉田が膝の上に置いていた手に、ぐっと力が込められる。

「その結果、周りから何か言われたとしても俺が絶対に黙らせる。お前が気にする必要はない」

「……セオドア様」

「俺こそいつも助けられているし、感謝しているのは同じだ。ありがとう」

そして最後に「だから特別な扱いはしないでほしい」「すまない」と言い、王子は閉口した。

――王子の言う「特別扱い」の意味がようやく分かり、それもまた深く理解できるもので。立場のせいで大切な友人に気を遣われるのが嫌だという気持ちが、痛いくらいに伝わってきた。

もちろんその気持ちは吉田にも伝わったらしく、何かを堪えるように唇を真横に引き結んだ。

「っう……ぐす……う……」

「ヨシダ先輩、泣かないでください」

「泣いているのは俺じゃない」

二人の友情に感動してしまい、感極まった私の両目からは涙が溢れていく。

結局二人はお互いを大事に思うが故、すれ違っていたのだ。

「よ、吉田……セオドア様はこう仰っていますが、どうしますか……」

作業着の袖で涙を拭い、吉田に問いかける。

吉田は眉尻を下げたまま、セオドア様に笑顔を向けた。

「友人としてはもう二度と特別に気を遣ったりはしません。セオドア様のお気持ち、とても嬉しかったです。ありがとうございます」

「………………」

王子は薄く微笑み、首を左右に振る。

もちろん、いつでもどんな場所でも特別扱いをしないというのは不可能だろう。それでも友人として過ごす時間の中で、二人なら上手くやっていけるはず。

「吉田、良かったね」

「これもお前のお蔭だ、ありがとう」

「ううん、私は何もしてないよ！　それに全然喧嘩じゃなかったね」

けれど私はいつも吉田に助けられてばかりだから、少しでも力になれたのなら良かった。

お互いに心のうちを伝え合うことは大切だと知る、いいきっかけにもなった。喧嘩はできるだけ避けたいけれど、私もユリウスといつかこうして向き合える日が来るといいなと思う。

「吉田も私に何か思うところがあったら、いつでも正直に言ってね」

「ああ、お前もな」

「I　LOVE　YOU」

「うるさい、バカ」

照れくさそうに笑う吉田、好きだ。

それからはこれまで通り四人で楽しく過ごすことができ、本当に良かったと胸を撫で下ろした。


深夜、みんなが寝静まった後。なかなか寝付けずに寝返りを打つと、同じくまだ起きていたらしいルカと視線が絡んだ。

「ルカもまだ眠れてなかったんだね。眠くなるまで少しお喋りしよっか」

「うん、やった」

薄い布を二人で頭から被り、今日もDBは腹立たしかったとか、変な化石が出てきたとか、他愛のない話をこしょこしょと囁き合う。

そして話題はやがて、王子と吉田の喧嘩に移った。

「今日、すごく驚いたんだ」

「驚いた？」

「うん。これまで喧嘩なんて数え切れないくらいしてきたけど、あんなのは初めて見たから。俺が知る喧嘩は、どちらかが無抵抗になるまで殴るか、殴られるかみたいなものだったし」

ルカの過去についても、私は詳しく知らない。けれど過酷な環境にいたルカにとって、暴力による喧嘩だって生きる術のひとつだったのかもしれない。

「それに家族以外にも、あんなふうに誰かを大切に思うことがあるんだと思って」

その声音からは純粋な驚きや戸惑いが感じられて、ルカにも心の変化があったようだった。

——まだルカとの付き合いは短いけれど、ルカが心を許している相手は父と私、家族二人だけのような気がしていた。

それ以外の誰も信じられないような環境にいたことに心が痛みながらも、これから先はルカの世界も良い方向に広がっていくはず。

少し口も態度も悪い時はあるけれど、根は優しくて素直な良い子だということも知っている。

「いつかルカにもきっと、そんな友達ができるからね」

「ないない、絶対にありえない」

「ふふ、そう言ってられるのも今のうちだよ」

「なにそれ、なんかやなんだけど」

拗ねたように頬を膨らませるルカの頭をよしよしと頭を撫でながら、ルカの未来が明るくて幸せなものでありますようにと、祈らずにはいられなかった。

翌日の晩も私たちは布団と呼べるか怪しい薄っぺらい布の上で寝転がりながら顔を寄せ合い、脱出作戦について話し合っていた。

「本日はばっちり地上の偵察をしてきました！」

「お疲れ様、姉さん。どうだった？」

実は今日、地上へのルートを偵察するため、私は地上での農作業を担当してきた。

元々女性は地上での農作業が基本で、身体の不調を訴えて地上での農作業を希望したところ、すんなりとＯＫされたのだ。

男性と違い抵抗をする可能性も少ないと思われているのか、見張りはまばらにいるものの、地上ではかなり自由に動くことができた。

「地上にさえ出てしまえば、こっちのものだと思う」

「なるほどな」

仕事内容も雑草抜きや水やりという簡単な畑作業だけで、男性たちの地下労働に比べるとかなり楽なものだ。途中から雑草抜きが楽しく感じられ、ついつい熱くなってしまった。

『よいしょ、よいしょ……そういえばこの葉っぱ、なんなんですか？』

やけに大事に大量に育てられているものが、普通の葉っぱにしか見えない。つい気になり、近くで手慣れたように作業していた人に尋ねてみる。

私は植物に詳しくないため、てっきり地中に野菜でも埋まっているのかと思ったのだけれど。

『ああ、これ？　麻薬の元になるのよ』

『えっ』

返ってきたとんでもない答えに、思わずぽとりと小さなシャベルを落としてしまった。この広い畑に生えている草の全てが麻薬になるなんてと、ぞっとしてしまう。

それを三人にも話すと、全員が眉を顰めていた。

「やはり早急にこの組織を取り締まらないといけないな」

「うん、そのためにも私たちが絶対に脱出しなきゃ」

これだけやりたい放題をしておきながら何年間も捕まっていないのは、この場所が相当うまく隠されているからなのだろう。

そんな中、王子が静かに口を開いた。

「発掘した鉱物を見る限り、ここは隣国と接しているバストル帝国だと思う」

「えっ？」

驚く私たち三人に、王子は紺色の作業着のポケットから、美しい小さな金色の宝石の欠片を取り出してみせた。

「とっても綺麗ですね。これ、なんなんですか？」

「サラピル」

なんとこの綺麗な石はバストル帝国でしか採れないものらしく、場所が分かったのだとか。

ここが隣国ですらなく、さらに別の国へ運ばれていたなんて想像もしていなかった。

「なるほど、だからなかなか捕まっていないんだ」

国を跨いだ犯罪というのはとても厄介で、法の違いはもちろん他国での武力行為に関しても色々な制約があるため、捕まえるのが困難だと聞いたことがある。

「ちなみにサラピルは、魔法陣を描く際に使うインクの元になっている魔法石だ」

「ああ、だからなんとなく見覚えがあったんだ」

眩(まばゆ)い金色の輝きには既視感があったものの、見慣れていたものとは形状が全く違うため、すぐに思い至ることができなかった。

――この世界では、魔法陣を描かずとも魔法を使うことができる。けれど魔法陣を描いた場合は魔力を増幅したり、魔法効果を強くしたりすることができるはず。

とはいえ、魔法が使えない今の状況では関係のないことだと思っていたのに。

「実は今もほんの少しなら、魔法が使える」

「えええっ」

王子の突然の告白に、私だけでなくルカや吉田も更なる驚きを隠せずにいるようだった。

以前聞いたところ王子の魔力量は87で、普通の人の数倍以上のものだ。この魔道具は質が良くないため、全ての魔力を抑えきれていないのだろうと王子は話してくれた。

「逃げ出す際に助けになるほどではないが、魔法陣を描いて一瞬でも魔力を増幅させられれば、このブレスレットを壊すことくらいはできると思う」

「す、すごい……！」

ブレスレットを壊して魔法さえ使えるようになれば、どんな場所だろうと逃げ切れる気がする。

私以外は全員Sランクという、エリートの集まりなのだ。

私もみんなに迷惑をかけないよう、必死に頑張らなければ。

「じゃあサラピルをもっと集めて十分な量のインクを作れば、脱出できるってこと？」

「いや、サラピルを集めたところで、魔法陣はここでは描けないだろうな」

それから吉田は魔法陣というのは正確さが鍵になるため、凹凸のある地面では効果が半減すると教えてくれた。確かに地下は基本土でぼこぼことしていて、適さないだろう。

DBたちが過ごしている場所に関しては違う気もするけれど、その辺りは常に彼らの仲間や見張りがいるし、見つかってしまう可能性がある。

「どこか平らな良い場所を探さなきゃいけないんだ」

「ああ。とはいえ、サラピルを砕いて水に溶かしてインクを作るには相当な数が必要だろう。まずは集めながら作戦を立てるのが良いんじゃないか」

「そうですね。四人で必死に集めればなんとかなりそうだ」

岩を掘る姿勢さえ見せていればサボっているとは思われないだろうし、他の鉱物を発掘できなかったとしても、無能だとＤＢからの嫌がらせを受けるくらいだろう。いつものことだ。

それにこんな小さな鉱物であれば、こっそり隠し持っていてもバレることはないはず。

「じゃあ、明日からはとにかくサラピルを集めるのを頑張らないとね！」

初めて脱出への道のりが具体的になり、すごく前向きになれるのを感じる。

そうして、サラピルを集めながら地上への脱出作戦を立てることが決まったのだった。


明日からのすべきことも明確に決まり、脱出への希望も見えたことで、その日の晩はそわそわしてなかなか寝付けなかった。

布団とはとても呼べない薄い布ごしに土の凹凸を感じながら、目を閉じる。

「……ユリウスに会いたいな」

昼間の作業中やみんなとお喋りをしている時は平気だけれど、一人でじっとしているとユリウスのことばかりを考えてしまう。

どれほど心配してくれているのか想像するだけで、じくじくと胸が痛む。

恐ろしい悪い想像だって、色々としてしまっているに違いない。

吉田たちと仲良く前向きに時々ふざけながら頑張っているなんて、知る由もないのだから。

「一日でも早くここから脱出して、元気だったよって伝えなきゃ」

そうしたらきっと、いつものように「なんでこんなことに巻き込まれるわけ」と言いながらも、きつく抱きしめてくれるはず。

今感じている冷たくて硬い土の感触とは真逆の、温かくて優しい温もりが恋しくなった。こうして離れていると、どれほどユリウスが大切で大きな存在なのかを実感する。

無事に帰ったら普段の照れや遠慮なんかは捨てて、目一杯ユリウスに甘えようと思った。

それからまた、五日が経過した。

貴重な夏休みをこんな場所で二週間以上消費していると思うと、心底やるせない気持ちになる。

一生に一度しかない一年生の夏休みを台無しにされたのだ、絶対にこの組織の人間には全てを悔いるほどの罰を与えてもらわなければ気が済まない。

「おらおら、さっさと拾え！　早くしないと昼食は抜きにするぞ」

「…………」

今日もＤＢはどこまでも最低最悪な奴で、わざとカゴの中に入っていた鉱石を床にぶちまけ、吉田や王子に拾い集めさせていた。

私やルカが手伝おうとしても、関係ない人間が手を出しては罰を与えるという。苛立ちを抑えてその様子を見守ることしかできないのが、歯痒くて腹立たしくて仕方ない。

「ああ、また手が滑ってしまった」

ようやく全て拾い集めて渡すと、DBは再びわざとカゴを地面にひっくり返す。

思わず文句を言いそうになったけれど、王子も吉田も耐えてもう一度拾い始めた姿を見て、なんとか踏みとどまった。

「……あいつ、本当に無理なんだけど」

けれど隣に立つルカは本気でキレていて、私はその腕をきゅっと掴んだ。

「私だって絶対に許せないけど、ここは堪(こら)えよう。あと少しで脱出できそうだし、ここでトラブルを起こして監視の目が厳しくなったら困るから。ね？」

耳元で宥(なだ)めるように囁くと、ルカはぐっと唇を噛んで我慢してくれたようだった。

すぐに堪えることができたのも、吉田と王子が虐げられている姿を見て自分のことのように怒っていたのも、かなりの成長だと思う。

やがてDBも今回の嫌がらせはもう飽きたのか、再度カゴを渡した後、もうわざとひっくり返すことはしなかったけれど、今度は大声で吉田を怒鳴りつけた。

「おい、そこにまだ落ちているだろう！　お前らなんかよりよっぽど価値があるものだぞ！」

その太い指が差す先には、ギリギリ目視できるかどうかレベルの小さな鉱石の欠片があった。

意地悪な姑(しゅうとめ)もびっくりなレベルのケチの付け方に、ドン引きしてしまう。

「ったく、お前のその眼鏡は飾りか？」

「は？　吉田のメガネには度が入ってますけど！　失礼なことを言わないでください！」

「なぜそこでキレるんだ」

思わず拳を握りしめた私を吉田は羽交い締めにした。

そしてずるずるとホーム（牢）へと連れていく。いつものように四人が中に入ったところでガシャンと鍵が閉まり、私はようやく我に返った。

「ごめんね。吉田の眼鏡を悪く言われるのだけは、どうしても許せなくて……」

「俺の眼鏡に命でも救われたのか？」

相変わらずＤＢは腹立たしいものの、なんとかトラブルは回避できてほっとする。

「ルカは我慢できてえらかったね」

「うん。いいこいいこして」

「うっ……」

先程まで人を殺しそうな勢いだったとは思えないほど、ルカは愛らしい顔で甘えてくる。

あざとさに心臓が爆散しそうになりながら、ルカが健やかならもう何でもいいと心から思った。

私がよしよしとルカを撫でている中、吉田は布団をめくり、小さな布袋を取り出す。そこには私たちが散々嫌味を言われながら必死に掘り出した、サラピルが詰まっている。

「でも、サラピルは十分集まったね！」

「ああ。これだけあれば十分だろう。本来は専用の液体を使うが、細かく砕いて水に溶かすだけでも問題なく使用できるはずだ」

「良かった。セオドア様の魔力の方も問題ありませんか？」

「…………」

王子はこくりと頷いてくれて、ほっとする。

あとは明日の作業中、細かく砕く道具や昼食のスープの器をそっと盗んでくればいいだろう。このままだと早ければ明後日には脱出準備は整う、けれど。

「それで、どこで魔法陣を描く……？」

「問題はそこだよね」

そう、結局サラピルは集め切ったものの今日までその問題は解決できていなかった。

毎晩みんなで話し合っていたけれど、ほぼ自由がない上にこの地下で凹凸のない、かつ人目のない場所を探すというのは無理がある。

「看守室くらいならちゃんとした部屋になってそうだけど、それこそ見張りも複数いるだろうし、魔法が使える奴も数人いるみたいだからね」

それでも諦められるはずなんてないし、両手で頭を抱えながら必死に解決策を考える。

「…………」

「…………」

「…………」

「…………」

誰もが良い案を思いつかず、牢の中には重い空気が流れていく。

そんな中、頭を指先でとんとんとしていた私は名案を思いつき「そうだ！」と顔を上げた。

「地上に出てから魔法陣を描けばいいんじゃない？」

私の言葉に、他の三人はきょとんとした表情を浮かべている。

ここで描けないのなら違う場所で描けばいいじゃないという、マリーアントワネット作戦だ。

「こないだ偵察をした地上の物置小屋の床は平らだったし、人気もなかったんだよね」

「だが、魔法もなしにどうやって監視の目をくぐって地上へ行くつもりだ？」

「女の人たちが農作業のために地上へ出ていく時のチェック、すごく緩かったんだ。ご飯を食べた後に作業着に着替えて、そのままみんなで列になって出ていくだけだから」

監視員たちも手抜きしており、全ての作業において人数を数えることはしない。

強制労働をさせられている人間の数が多いこと、この施設にはこれまで一人も脱走者がいないことから油断しているのだろう。

「だから上手くやれば、紛れ込むことも可能だと思う」

「なるほどね。姉さんの言う通り、地上に出てしまった方が楽かもしれない」

「うん。地上に出てすぐにセオドア様にこのブレスレットを外してもらって、魔法さえ使えるようになればもうこっちのものだもん」

見張りだって倒せるだろうし、陸の孤島だったとしても脱出できるだろう。

「あとはその、紛れ込む方法なんだけど……」

流石にこのままではバレてしまうし、と首を傾げる。好機である分、失敗は許されない。

一度でも失敗すれば、警備はかなり厳しくなってしまうだろう。

「女性に紛れる方法……女性に紛れ……はっ」

再び名案が思いついてしまった私は、口元を手で覆った。

そしてみんなの顔を見回すと、吉田は髪色と同じ色の形の良い眉を寄せる。

「すまない、嫌な予感しかしないんだが」

「さすが吉田、その予感は間違いなく的中してる」

私は申し訳ない気持ちを胸に頷き、続けた。


「みんな、女装しよう！」


次の瞬間、しん……と場は静まり返る。

王子はいつものことだけれど、普段私に対してノータイムで肯定してくれるルカですら、なんとも言えない表情を浮かべていた。

「……お前、正気か？」

そんな中で最初に口を開いたのは、吉田だった。

「私が正気じゃなかったことがあるとでも？」

「頻繁にあるが、逆になぜそんなに堂々とできる？」

ごもっともだと思いながらも冗談ではないと証明するため、説明を始める。

「女性が着替える部屋にね、髪の毛がたくさん置いてあったの。伸びた髪は切って外で売られるらしくて、乱雑にいくつも置かれていたから持っていってもバレないと思う。それとみんな日差し対策で頭に布を被ってるし、長い髪を垂らして俯いていれば、ぱっと見は女性に見える気がする」

ふざけた作戦ではあるものの、私は至って本気だ。

女装に対して抵抗があることも分かっているけれど、これならいけるはずだという気持ちを込めて真剣な表情でみんなの顔を見回す。

するとと少しの後、ルカがぷっと噴き出した。

「あはは、いいんじゃない？　そうしよう、名案だね。さすが姉さん」

「……わかった」

「セオドア先輩、絶対に美女になるよね」

ルカは乗り気なようで、まさかのまさかで王子もすんなりと頷いてくれる。

「ありがとうございます！　ルカも絶対かわいいよ」

「やっぱり？　俺もそう思う」

王子が美女は完全同意だし、私に似てくりっとした目のルカも絶対に美少女になるはず。こんな状況だというのに、少しだけワクワクしてしまう。

そして私たち三人は、ほぼ同時に未だ一言も発していない吉田へと視線を向けた。

「……一体、俺が何をしたっていうんだ」

吉田は片手で目元を覆い、肩を落としている。

それも当然だろう。

「吉田……確かに夏休みを満喫しようと旅行に来たら連れ去られて、嫌がらせをされながら地下で強制労働の挙句、女装をするなんて辛くて仕方ないと思う……」

「余計に辛くなるから改めて事実を並べないでくれ」

「ごめん」

紺色の髪をくしゃりと掴んだ吉田は、かなり葛藤しているようだった。

吉田のキャラを考えると、こんなの拷問のようなものだろう。

「……分かった、やろう」

「よ、よしだ……」

「俺だってこんな場所から一日でも早く出たいんだ。何より、この方法以上に良い案を提示できない俺の負けだ」

「ありがとうね。勝負に負けても、試合には勝とう！」

「うるさい、バカ」

何はともあれ、吉田も心底苦しみながら同意してくれたことで、女装作戦を行うこととなった。

こうなった以上は絶対に上手くやらなければと、気合を入れる。

——そして翌日は様々な準備に徹し、迎えた翌々日の脱出作戦決行日。

私たちは朝食を終えたあと、僅かしかない休憩時間の中で急ぎ変身作業を進めていた。見つかっては困るため、こそこそと人気（ひとけ）のない物陰での作業はなかなかに難しい。

「セ、セオドア様……」

「…………」

「うわあ、すごいね」

「完璧すぎて反応に困るな」

そんな中、女性用の桃色の作業着を身に纏い、布を被って金色の長い髪の毛を付け、頬や唇にほんのりと赤みが差した王子は想像以上の超絶美女となっていた。

更衣室を漁った結果、ここに連れ去られた際の誰かの所持品なのか複数の化粧品もあり、女性らしさを出すためにほんのり色をつけてみたのだ。

王子というより、女王様という感じだ。

「本当に本当にお美しいです！　こう、なんていうか踏まれたくなるような」

「…………」

「おい、不敬だぞ」

吉田にぺしんと頭を叩かれながら、あまりの美の暴力に女として完全敗北した気持ちになる。

つい見惚れてしまったものの、時間がない。次に着替え終わっていたルカの支度を始める。

流石にルカと同じ桜色の髪の毛なんて都合良くあるはずはなく、深く布をかぶって前髪を隠し、茶色の髪の毛を付けることにした。

「……わ、私じゃん」

そうして軽く化粧を済ませたルカの姿は、ほぼ私だった。

本当に私にそっくりで驚いてしまう。

「すごい、やっぱり姉弟だって実感するね」

「確かに双子みたいだな」

「うん」

吉田や王子も同じ感想を抱いたらしく、私とルカを見比べては感心した声を出す。

少しだけルカの方がキリッとした美少女という感じで、それもまた趣がある。

「姉さんと双子か、嬉しいな。ここを出たらしっかりやってみようかな」

「金なら出す」

つい全力で前のめりになってしまいつつ、次に吉田の準備を進めることにした。

やはり青髪はなく、暗い焦茶色の髪の毛を代用するつもりだ。

そうしてこれまで通りの手順で、吉田を女装させた——のだけれど。

「あっ…………」

なんというか筆舌（ひつぜつ）に尽（つ）くし難いほど、似合わなかった。

王子は中性的な美しさがあるし、ルカは幼さが残る美少年だからこそ似合ったのだろう。

吉田も我が親友ながらめちゃくちゃ美形だしいける……と思ったものの、やはり男性らしさが強すぎて、とてつもなく苦しい。

ＴＨＥ女装した男性という仕上がりに、私たちの間には地下に来てから一番の緊張感が走った。

「頼むから何か言ってくれ、それか殺せ」

「ごめん……私、吉田には嘘がつけなくて……でも傷付けたくない……」

「気遣いありがとうな、今ので全て伝わった」

この場に鏡はないため、吉田自身は確認できない。

けれど私たちの反応を見て、全てを察したようだった。本当に申し訳ないと思っている。

「……あー、でもこういう人いますよ」

「見たことある」

「何も言ってくれなくて結構です」

ルカと王子も、必死に言葉を選んでいるのが伝わってくる。その結果、余計に吉田を傷つける結果となってしまった。

とはいえ、今は女装コンテストをやっているわけではない。

この場所からの脱出さえできれば良いのだし、俯いて背中を丸めて高身長と顔を隠せば、女性たちの集団に紛れられるはず。

「外に出た瞬間、全部取るからな」

「うん……手伝うよ……」

「その同情したトーンはやめろ」

最後に私も頭に布を巻き、四人で女性労働者の集合場所へと向かうことにした。

集合場所には数十人の女性がいて、これなら問題ないだろうと内心ガッツポーズをした、のに。

「あんな綺麗な子、いた？」

「また新しく攫われて来たのかしら」

王子やルカを見て、女性たちはひそひそと囁き合っている。

「しまった、美しすぎて目立って……⁉」

女性になりきることに重きを置いてしまっていたけれど、メインは「馴染むこと」なのだ。

とんだ罠だったたと、背中を冷や汗が伝う。

「美しさって罪ですね、先輩」

「………………」

とにかく三人には俯いてもらい、心臓がうるさいくらい早鐘を打っていくのを感じながら、時が来るのを待つ。このまま外にさえ出られれば、全てが上手くいくはず。

「よし、集まったな。ったく、今日もしっかり働けよ」

やがて今日も憎たらしいことこの上ない人類の敵、DBが現れた。

すぐに移動が開始され、できる限り目立たないように息を殺し、なるべく人の多い集団の中心を歩くよう心がける。

今のところ誰も男性が三人も混ざっているとは気付いていないらしく、ほっとする。

あとは十分ほどの距離を指示に従いながら、地上へ続く道を歩いていくだけ。

「ほら、さっさと歩け！　チンタラしてんじゃねえ！」

今日も面倒になったのか、私達の前方でDBは足を止めて誘導を放棄し、文句を垂れている。

他の見張りは先頭と最後尾にいるため、あのポイントを抜けさえすれば私たちの勝ちだ。

「あと少し……あと少し……」

「あはは、すごいドキドキするね」

私の腕に自身の腕を絡めたルカはやけに楽しそうで、私よりもメンタルが強い人も珍しい。

やがてＤＢの視界に入るゾーンに入り、心拍数はＭＡＸになる。

どうかこのまま何も起きずに通り過ぎることができますようにと、お腹の前で両手を組む。

けれどそんな私の願いも虚しく、私たちが目の前を通ると同時にＤＢは「ん？」と声を上げた。

「お前、かわいいじゃないか」

「……どーも」

なんとＤＢはルカに目をつけたらしく、ニヤニヤといやらしい笑みを浮かべている。

これまで私とはいくら顔を合わせても、そんなことなど一言も言わなかった。ほぼ同じ見た目だというのに、キラキラオーラの違いだとでもいうのだろうか。

全くもって羨ましくないけれど、なんだか解せない気持ちになる。

「今夜、わしのところに来てもいいんだぞ？　ん？」

「………………」

するりと太くて短い指が五本ついた手でルカの背中を撫で、俯いたルカが小さく震えた。

ＤＢは初心(うぶ)な美少女が震えていると思ったのか「かわいいじゃないか」と満足げだけれど、これは間違いなく殺意を必死に抑えつけていることによる震えだ。

本当に申し訳ないものの、ここはどうか耐えてほしいとルカの手を握る。

なんとか耐えてくれて目の前を通りすぎることができ、心底安堵した。

「あいつだけは絶対に殺す。俺の手でぶっ殺してやる」

「ルカ、えらいよ。本当にえらい。ここを出たらお姉ちゃん、なんでもするから！」

よく耐えてくれたと、涙がこぼれそうになる。

あとはもう前に進むだけで、希望を抱いた時だった。

「ん？」

再びDBは疑問を含んだ声を上げ、心臓が大きく跳ねる。

恐る恐る様子を窺うと、その視線は吉田へ向けられていた。死ぬほどまずい。

一応、トレードマークの眼鏡を外している吉田は人相を変えようとしているらしく、必死に目を細めている。吉田の健気な頑張りに、涙が出そうだった。

DBもそんな吉田をじっと見つめていて、一秒が永遠にも感じられる。

「こんなゴツいブスがいたか？　しっかり働けよ！」

やがて口を開いたDBはそれだけ言い、苛立った様子でその場を離れていく。

「…………」

「…………」

最大の危険ポイントを通過し、本来ならみんなで喜び合う場面だというのに、私たちの間にはなんとも言えない沈黙が流れる。

まさかの男だと疑われるのではなくシンプルに悪口を言われただけという、手放しでは喜べない状況になってしまった。吉田にかける言葉が見つからない。

「……っ……く……ふふ」

笑ってはいけない、そう思っているのにお腹の辺りがひくひくして死にそうになる。

ルカなんてもう完全に笑っていて、王子も俯いて小さく震えていた。

「ヨシーヌ……ごめん、元気出して」

「誰がヨシーヌだ」

「と、とにかくこれでもう後は地上に出るだけだから！　あと少しだよ！」

「こんな辱めを受けるくらいなら、ここで一生を過ごした方がマシだと思った」

「ごめんて」

ヨシーヌを励ましながら四人で地上へ続く道を進んでいき、やがて眩しい日の光が見えた瞬間、私以外の三人の表情が感動に満ちたものになる。

偵察のために地上での仕事をした私とは違い、三人が太陽の光を浴びるのは数週間ぶりなのだ。

そう思うと私まで感極まってしまい、涙腺が緩んだ。

「や、やっとここまで来たね……」

「本当に上手くいくとは思わなかったな」

「………………」

「本気で泣きそうだ」

やがて完全に地下を脱出し、地上に出た私たちはこれ以上ない達成感に包まれていた。

人生において、ただ地面の上に立つだけで泣きそうになることがあるだろうか。

「まだ油断するには早いな、急いで例の小屋へ移動するぞ」

「はっ、そうだね！　急ごう」

適当な仕事をしている見張りの目を掻い潜り、目星をつけておいた物置小屋へと移動する。

やがて誰もいない小屋の中に入るなり、吉田は布と髪の毛を思い切り脱ぎ捨てた。いつの間に用意していたのか、ポケットから出した濡れタオルで顔も拭き、いつもの吉田へ戻っている。

「本当にこれ以上ないほど最悪の経験だった」

「俺、さっき腹が千切れるかと思いましたよ。ゴツいブスって、あはは」

「おい」

お怒りの吉田と思い出し笑いをするルカをよそに、そっと布と髪をとった王子は取り出したお手製インクを指につけ、小屋の床に魔法陣を描いていく。

魔法陣というのは使う魔法によって全く違い、その種類は数百通りと言われている。そのため、普通は本や資料を見ながら描く。

けれど王子は何も見ず、迷うことなく正確に描いている。その姿は流石としか言えず、私ももっと勉強をしようとやる気が込み上げてくるほどだった。

「——姉さん、まずい。二人分の足音が近づいてきてる」

「えっ？」

そんな中、ルカがはっと顔を上げ、ドアへと視線を向ける。

全く足音や人の気配なんて感じられないものの、緊張感のあるルカの表情から事実だと悟った。

「俺、こういう気配察知は得意なんだ」

「すごいね、ルカ」

「へへ」

「呑気な会話をしている場合じゃないだろう。とにかくセオドア様が魔法陣を発動するまで、この場所を守りきらなければ」

私とルカは吉田の言葉に頷き、なるべく音を立てないようにしてドアを押さえる。

吉田もドアの上の部分を両手でしっかり押さえるのと同時に、外から話し声が聞こえてきた。

「ったく、なんで俺らがわざわざ物置に取りに行かなきゃならねえんだよ」

「まあまあ、普段仕事っていう仕事してないじゃないっすか俺ら」

先程、地上への移動時に誘導していた見張りの声で、どんどんこちらへと近づいてきている。

三人で目配せをしつつ、冷や汗が止まらない。相手は見張りをしているだけあって、パワー系の体つきをしているのだ。

まともな力勝負になれば、勝てるビジョンが見えない。

「おい、開かねえぞ。いよいよ壊れたか？」

「……っ」

やがてドアをグッと押され、声を殺しながら体重をかけて抵抗する。

「本当っすか？　もうボロいですもんねえ」

ドアが開かないことに苛立ったのか、見張りたちがドンドンと荒々しく叩くたびに、押さえている私たちの身体も揺れる。

　この小屋自体が古くてボロボロなせいで、ドア自体が今にも壊れてしまいそうだ。

「あー、イライラする。ぶっ壊しちまうか」

　次の瞬間バキッという大きな音とともに、私の顔のすぐ真横にドアを突き破った腕がかすめ、思わず「ひっ」と短い悲鳴が漏れる。

「おい、まさか誰かいるのか？」

「………」

　やってしまったと頭を抱えたけど、今のは流石に不可抗力だ。少しでもずれていたら、今頃私は顔面を思い切り殴り飛ばされていただろう。

　本当にもう時間がないと、王子へ視線を向ける。

「──────」

　王子は何か呪文を唱えながら魔法陣の中心に手をついており、黄金色の光が広がっていく。

　その姿はあまりにも美しくて、まるで神聖な儀式をしているようだった。

「レーネ、ルカ、離れろ！」

　二人して吉田に突然ぐいと腕を引かれ、ドアから離れる。

　同時に先程よりも大きなドンッという音がして、振り返った先ではドアがバラバラになって地面に積み重なっていた。

　砂埃の向こうには、屈強な見張りの男二人の姿がある。

「何でここに男がいる？　その光はなんだ？」

「お前ら、まさか脱走を――くっ」

見張りがそこまで言いかけたところでルカが地面を蹴り、軽やかに浮いた身体から空を切るような回し蹴りが放たれる。

かなりの重みがあったらしく、咄嗟に受け止めた男の腕はびりびりと震えていた。どう見ても素人ではないルカの動きに、驚きを隠せない。

「このガキ、殺すぞ！」

「やってみろよ、おっさん」

キレた見張りの一人が拳を振り上げたものの、ルカは素早く後退して軽く避けてみせる。

それからも激しい攻防が繰り広げられ、思わず息を呑む。

「す、すごい……」

ルカは地下で理不尽なことがあった際、すぐに暴力で解決しようとする節があったけれど、これほどの実力があるからこそだったのだろう。

素人目にも、かなり強いことが窺える。

また新たな沼るきっかけ――ではなく新たな一面を見て、やはり私はまだまだルカのことを知らないのだと実感した。私の弟、かっこよすぎる。

「クソ、調子に乗るんじゃねえぞ！」

けれどもう一方の男もルカ目掛けて殴りかかり、二人がかりではとても避けられそうにない。

それなら私が代わりにとルカを庇って飛び込もうとしたのも束の間――勢いよく突き出された男の拳を受け止めたのは、なんと吉田だった。

その手には木の棒があり、掃除用具の先を折ったものを剣代わりにしている。

「お前の相手は俺だ」

吉田師匠もかっこよすぎて、いい加減にしてほしい。

ただの木の棒だというのに、美しい構えをする吉田が持つだけでまるで剣に見えてくる。

「ガキどもが、ふざけんなよ！　絶対にここで潰してやるからな」

「こちらのセリフだ」

それからは、二対二の戦いが始まった。

何もできないことがもどかしかったものの、余計なことをしては邪魔になるのは明白で。固唾（かたず）を呑んで、二人がどうか無事に勝てるよう祈ることしかできない。

「くっ……！」

けれど古い小屋の床が激しい戦いに耐え切れず、抜け落ちた床にルカの足が取られた。

体勢を崩したのを好機だと言わんばかりに、見張りの男の口角がにやりと上がる。

「はっ、終わりだ！　このまま殺してやるよ！」

「ルカ！」

男がルカに手を伸ばし、私が悲鳴に似た声を上げた時だった。

「――待たせてすまない」

凛とした王子の声が小屋に響き、男たち二人の身体は激しい音を立て、床に這いつくばるように地面に叩きつけられていた。

既に魔法陣からは光が消え、王子の手からはブレスレットが外れている。

無事に作戦は成功したのだと悟り、安堵から腰が抜けた私はその場にへたり込んでしまった。

「お、お前、なぜ魔法を使って……！」

「………」

王子は顔に苛立ちを滲ませると突き出した右手を握りしめ、男たちの苦しげな悲鳴が上がる。

どんな魔法を使ったのかは分からなかったものの、男たちは完全に意識を失ったようだった。

「大丈夫？」

「あ、ありがとうございます……！」

王子は私に向き直り、手を差し出してくれる。

その手を取って立ち上がると、王子は私についていた砂埃まで払ってくれた。どこまでも紳士で優しい王子にひれ伏したくなる。

「いやー、危なかったな。セオドア先輩、ありがとうございました」

「本当に助かりました」

吉田も足を取られたルカを引き上げていて、私は二人のもとに駆け寄った。

「大丈夫だった？　怪我はない!?」

「うん、大丈夫だよ」

「良かった、私だけ何もできなくてごめんね」

「当たり前だ。こういう時は俺たちに任せておけ」

「うう……二人とも一生推すからユニットでも組んで……」

ルカと吉田があまりにもかっこよくて、この勇姿を私しか見ていなかったことが悔やまれる。

その後は王子が私たち三人のブレスレットを壊してくれて、それぞれ魔法が使えるか確認した。

「良かった、ちゃんと使えた。セオドア様、ありがとうございます！　これで脱出できるね」

「ああ。セオドア様のお蔭だ」

吉田の言葉に対し、自分だけの力ではないと言わんばかりにセオドア様は首を左右に振る。

ルカと吉田もいなければ、絶対に成功していなかっただろう。

改めてみんなに感謝しつつ、後はもう残りの見張りの目を掻い潜り、脱出するだけだ。

「…………」

「…………」

「…………」

「…………」

それなのに誰一人として、この場から動こうとはしない。

無言のままお互いの顔を見つめ合い、四人全員が同じことを考えているのだと察した。

「……やっぱり一発殴らないと、終われないよね？」

「ごめんね姉さん、俺は一発くらいじゃ終われる気がしない」

「ああ」

「暴力は好きではないが、今回ばかりは同感だ」

このままただ逃げるだけでは終われないと、みんなの心がひとつになる。

私たちは頷き合うと半壊した小屋を飛び出して、地下へ続く道へと駆け出した。


それからは驚くほど、あっという間だった。

「な、何なんだお前たち、ぐああっ」

「誰かこいつらを捕まえ――っ」

みんなは魔法を駆使し、赤子の手をひねるように簡単に敵を薙ぎ倒していく。

最初に船で眠らされて攫われたのは不意打ちで、相手の罠に飛び込む形だったからだろう。

「こんな雑魚どもの言うこと、ずっと黙って聞いてたなんてね。嫌になるよ」

特にルカは相当鬱憤が溜まっていたのか、ド派手に暴れている。

三人が敵を倒していく中、私はこの状況に困惑している攫われてきた人々に事情を説明し、この後すぐに助けを呼んでくると伝えて回った。

「お前ら一体何の真似だ！　よくも……！」

やがて騒ぎを聞きつけ、ようやく諸悪の根源であるDBが現れた。

私たちが脱走して魔道具を破壊したと気付いたらしく、大きな丸い顔には脂汗が浮かんでいる。

「あいつらを今すぐに何とかしろ！　殺しても構わん！」

けれど相手も伊達に何年もバレずにこれほどの規模の犯罪に手を染めてきたわけではないようで、後ろからはぞろぞろと人が出てくる。

これまでの屈強な男たちとは違い、細身の彼らはきっと魔法使いなのだろう。

「姉さんは下がってて」

「わ、分かった」

ルカの声に頷き、少し離れた場所へ移動する。私も魔法は使えるものの戦闘経験は少ないし、対人戦となればなおさらだ。

やはり相手も魔法を使えるようで先程までの一方的なものとは違い、三対十の激しい戦いが繰り広げられる。

──それでもハートフル学園のSランクというのは魔法使いの中でもほんのひと握りの「天才」と呼ばれる域にいる人々のことを指すのだと、聞いたことがあった。

何より私はみんなの強さを知っているから、絶対に大丈夫だという気持ちで見守る。

「…………」

「…………」

そんな中、ふと気付けば同じく戦闘を見守るDBが隣にいて。向こうもこちらに気付いたのか、お互いに無言のまま見つめ合うという謎の間が生まれる。

やがてハッと我に返った私は固く右手を握りしめ、ひとまず殴りかかった。

「この、この！」

「な、何をする！　やめろ！」

必死に逃げるだけのところを見るあたり、どうやらＤＢ自体は魔法を使えない上に、何の戦闘能力もないようだった。

生まれて初めて誰かを殴ろうとしたことで思い切りすかしてしまったものの、これなら私でも倒せると、再度拳を握る。

ＤＢも私が危険だと悟ったのか、背を向けて全速力で逃げ出した。すかさず私も駆け出し、思い切りその背中に飛び蹴りをする。

結果、ＤＢは地面にスライディングする形で派手に倒れた。

「うぐあっ」

「よくも私たちの大事な夏休みを……！」

絶対に逃がしてたまるかと、ヨガボールかと思うほどぽよぽよのＤＢの上に馬乗りになる。

それと同時に、今もなお戦闘中のみんなの声が聞こえてきた。

「姉さん、俺たちの分まで頼むね！」

「ああ、思い切りやってくれ」

「………」

「みんな……任せて！」

とても感動的なシーンっぽいものの、やろうとしていることは暴力による報復である。

――けれどそんならしくないことをしようとするくらい、私たちは今回の夏休みの旅行を本当に本当に楽しみにしていた。

何度も何度も何をしようか話し合って調べて、楽しみで眠れないかも、なんて話をして。一生に一度しかない二年生の夏休みを台無しにした罪はあまりにも重い。

「これは吉田の分！」

私は再び右手を振り上げると風魔法を纏い、振り下ろした。魔力のコントロールがまだできておらず、相当な威力になる。

「ぐふっ」

「これはルカの分、こっちはセオドア様の分！」

単に夏休みを奪われただけではない。

地下で無理やりきつい労働をさせられ、暴言を吐かれ、食事まで台無しにされ、毎日のように酷い嫌がらせをされてきたのだ。

みんなだってたくさん辛い思いをして、たくさん傷付いただろう。

絶対に許さないという気持ちを込めて、何度も拳を振り下ろす。

「そして最後にこれが、吉田の分だーーー！」

「おい、被ってるぞ」

吉田の冷静な突っ込みが聞こえてくるのと同時に、拳に乗せた風魔法を思い切り放つ。

ぶわっと強い風が吹き、轟音と共にカエルを潰したような声がして、ＤＢは意識を失った。

「はあ……はあ……ざ、ざまあみろだ……」

息切れをしながら、ヒロインらしからぬセリフを吐く。

同時にみんなも無事に全ての敵を倒したらしく、全身から力が抜けていくのが分かった。これで本当に長かった地下強制労働パートが終わったのだと思うと、涙が出そうになる。

あとはここを脱出して通報し、犯人たちの確保と囚われていた人々の救出をすべきだろう。

「……よし」

そうして、そろそろ立ち上がろうと息を吐いた時だった。

「――レーネ？」

聞き間違えるはずのない声が聞こえてきて、ぴしりと固まる。

この場に彼がいるはずなんてないと思いながらも、あまりにも鮮明な声だった気がして、心臓が早鐘を打っていく。

やがて恐る恐る振り返った先には、やはりユリウスその人の姿があった。

「あっ……ええと……いつから見てました……？」

困惑した私の口をついて出たのは、そんな問いだった。

どう考えても最初の一言は他にあったと自覚しつつ、ユリウスの答えを待つ。

「これは吉田の分の一回目から」

「…………」

考えうる限り、最も良くないタイミングだった。

無理やり誘拐され、助けに来てくれた数週間ぶりの家族であり恋人との再会など、本来は涙不可避の感動的な場面だろう。

しかし今の私は謎の太ったおじさんの上に馬乗りになり、訳の分からないことを叫びながら何度も何度も殴っていたのだ。

もはやどっちが加害者でどっちが被害者なのか、分からない状況に違いない。

「…………」

「あ、あの……これはですね……」

ユリウスは無言のまま、こちらへ歩いてくる。

そして慌てて立ち上がった私の腕を優しく掴むと、そっと抱き寄せた。

「……本当に、無事で良かった」

ユリウスらしくない少し震えた声や縋るように背中に回された腕から、どれほど心配してくれたのかが伝わってくる。

何よりずっと恋しく思っていた温もりに包まれ、目の奥が熱くなった。遠慮がちにユリウスの服を掴むと、応えるようにさらにきつく抱きしめられる。

「……っ」

なんだかんだずっと明るく努めていたけれど、私も色々と限界だったのかもしれない。

ユリウスの腕の中はどうしようもなく安心して、ずっと張り詰めていた糸が切れ、視界が滲む。

「ずっとレーネが心配で、頭がどうにかなりそうだった」

「……ごめ、ん……」

「よく頑張ったね」

やがて子どものように泣き出してしまった私の背中をあやすように撫でながら、ユリウスは優しく抱きしめ続けてくれた。

◇◇◇

その後、トゥーマ王国とバストル帝国の騎士団も駆けつけ、犯人たちはすぐさま拘束された。

この場所を見つけたユリウスが、向かう途中に知らせたんだとか。

「――つまり、港で船に乗るよう誘導されたのですね」

「はい」

少し休んでからでいいと言われたものの、ルカも吉田も王子もトゥーマ王国のホテルへ送ってもらう道中に事情聴取を受けるそうで、私も同席した。

とはいえ、疲れて大半はユリウスの肩で気絶するように眠ってしまっていたのだけれど。

ゲートをいくつか使ったことであっという間にホテルに到着し、後日改めて話をする約束をして騎士団の人々と別れた。

「レーネ！」

ユリウスに手を引かれ五人でホテルの中へ入ると、ロビーで待機していたらしいテレーゼやラインハルト、ヴィリーが駆け寄ってきてくれる。

目に涙を浮かべたテレーゼに、ぎゅっと抱きしめられた。

「本当に、本当に無事で良かったわ……！」

「レーネちゃん、すごく心配したよ」

「お前らに何かあったらと思うと、いつもの半分しか飯食えなかったんだぞ」

「みんな……ごめんね、ありがとう」

心から心配してくれているのが伝わってきて、再び涙ぐんでしまう。

二年生のみんなは私たちが攫われてからというもの、あちこちを捜し回ってくれていたという。

「こうして戻ってきてくれて良かったわ。見つけるのが遅くなってごめんなさい」

「うんうん。本当に心配してたんだよ」

ユリウスのお願いで、ミレーヌ様やアーノルドさんも私たちの捜索にずっと協力してくれていたそうだ。みんなでお礼を言うとよしよしと頭を撫でてくれて、また泣きそうになった。

「心配をかけてすまなかった」

「吉田、なんか痩せたか？」

「一生分の苦労とストレスを摂取してきたからな」

吉田や王子、ルカもみんなとの再会に笑みをこぼしている。

私たちが攫われたことでみんなも旅行どころではなかっただろうし、あと何日ここにいられるかは分からないけれど、できるなら改めて全員で全力で楽しい思い出を作りたい。

そして犯人たちが罪を償い、攫われた人々が一日でも早く元の生活に戻ることを祈るばかりだ。

友人たちとの感動の再会を噛み締める中、ユリウスは私の後ろでずっと黙っていたけれど、不意に腕をきつく掴まれた。

「ごめんね、もう限界」

「えっ？」

そのまま私の腕を引き、ユリウスはどこかへ向かっていく。

みんなも何かを察したのか笑顔で手を振ってくれて、私は「ま、また後でね！」と言うと、早足でユリウスの後を慌ててついていった。

そうして着いたのは、ユリウスとアーノルドさんが泊まっている部屋で。どうやらホテルでそのまま延泊し続けていたようだった。

そのお値段を想像してしまい震えながら、促されるままソファに腰を下ろす。

同時にユリウスの両手がこちらへ伸びてきて、抱きしめられた。

「……本当、いい加減にしてほしいな」

私を抱きしめたまま、ユリウスは消え入りそうな声で呟く。

苦しいくらいきつく身体に回された腕は、ユリウスの切実な気持ちを表しているようだった。

「なんでこんなに目が離せないわけ」

「……ごめんなさい」

「別に謝ってほしいわけじゃない」

ユリウスは私の背中を軽くぽんぽんと叩くと、深く息を吐く。苛立ちをどこにぶつければいいのか分からない、という感じがする。

「でも、全然平気だったよ！　ご飯は美味しくなかったし少なかったけど、鉱物の採掘作業もなんとかなったたし、ルカやみんなとずっと一緒だったし」

「レーネはたくましいね。でも頼むからもう、俺の側を離れないで。離す気もないけど」

「はい！　助けにきてくれてありがとう」

「いい返事だね。本当に分かってる？」

眉尻を下げてふっと笑ったユリウスは顔を上げ、私の顔をじっと見つめた。

その顔は最後に見た時よりもずっと青白く、アイスブルーの目の下には濃いクマができていて、かなり疲れていることが窺える。

「ユリウス、すごく疲れた顔してる」

「レーネがいなくなった後、ほとんど寝てないからね。食事も適当だったし」

「えっ？」

「四人も攫われるのは個人の犯行じゃないだろうから、この辺りの犯罪組織を全部潰して回った」

「ええっ」

とんでもないことをユリウスはさらっと言い、私はぱちぱちと目を瞬く。

聞き間違いかとも思ったけれど、どうやら事実らしい。

「だ、大丈夫だったの……？」

「ミレーヌとアーノルド、それに知り合いの魔法に秀でた奴らを呼んだしね。トゥーマ王国からは感謝されて後日、国王から表彰されるらしいけど、俺はレーネのためにやったのに面倒すぎる」

「…………」

「まさかトゥーマ王国から連れ出されていたとは思わなかったから、遅くなってごめん」

「…………」

あまりにも話のスケールが違いすぎて、言葉が出てこない。

そんなの、学生が成し遂げられる域を超えている。ユリウスは心配して捜してくれていると思っていたけれど、まさか犯罪組織ごと壊滅させて回っているなんて誰が思うだろうか。

相手は素人でもなければ、腕が立つ人間だって多くいるはず。かなりの危険も伴っただろう。

「す、すごすぎない……？」

「まあね。レーネが捕まってるって考えたら、頭が冴えて身体がいくらでも動いた」

他人事のようにそう言ったユリウスは片手で目元を擦ると、突然私を抱き上げ、立ち上がった。

「ひゃっ」

私をお姫様抱っこ状態で抱え、そのままベッドへ向かっていく。

そして私をベッドの端に座らせた後、なぜか私の作業着のボタンに手をかけた。

ユリウスは躊躇(ためら)いもなくボタンを外していき、中に着ていたキャミソールが見えていく。

「あの、すみません……何を……？」

「脱がそうと思って」

「は、はい⁉　なんで⁉」

「寝るのに邪魔だから。これ、汚れてるし」

慌ててユリウスの手を掴んだけれど、左手で両手を押さえられ器用に右手でボタンを外される。

どんなことでも器用にできてしまうんだなと妙に感心してしまったものの、我に返った。

「いやいやいや、待って！　ちゃんとお風呂に入って着替えてくるから！」

「無理、今日はレーネがいないと寝れない」

ユリウスの声は抑揚がなく、目付きもぼんやりとしている。

なんというか抜け殻に近い感じで、もしかするともうユリウスはとっくに限界を迎えており、まともに頭が働いていないのかもしれない。

あっという間に作業着を脱がされ、私は薄いキャミソール姿になってしまう。

丈が長いものではあるものの、素足だって思いっきり出ていて恥ずかしいどころの騒ぎではない。

「待って」

「大丈夫だから」

「何が、ってうわあああ！」

恥ずかしさで慌てる私をよそにユリウスは自身の上着を脱ぎ、ネクタイを外した。

その仕草は目を逸らしたくなるほど色気が凄まじくて、顔が熱くなっていく。

間違いなくこの光景は、R30くらいあるだろう。私にはまだ早すぎる。

「本当に待って、せめて他の服を――」

「流石に今は何もしないから大丈夫、おやすみ」

ユリウスは問答無用で私を抱きしめると電池が切れたみたいに、ぼふりとベッドに倒れ込んだ。

私は慌てて布団を引っ張り上げ、自らの身体を隠す。

「本当に待って、今はって何？」

「起きてからは分かんない」

「あの？　ちょっと」

「……魔力も空っぽだし、……ほんと……つかれた……」

目を閉じたユリウスはそれだけ言い、直後、規則正しい寝息が聞こえてきた。

「ね、寝ちゃった……」

一瞬で眠りについたようで、よほど疲れていたのだろう。

この一週間ほとんど眠らずに私を捜し続け、犯罪組織相手に魔力が空になるまで戦ってくれていたのだから、当然だった。

普段余裕たっぷりなユリウスがこれほど疲れきっている姿を見るのは、初めてだった。

いつもより強引だったのも、本当に限界だったからで。私がいない不安を抱えていたからこそ、こうして腕に抱いて眠りたかったのかもしれない。

あどけなさが少し残る綺麗な寝顔を見つめ、柔らかな銀髪をそっと撫でる。

「……いつもありがとう。大好き」

小声で囁き、ユリウスの白い頬にそっと唇を押し当てる。

照れてしまいもぞもぞとユリウスの腕の中にしっかり入って、大きな背中に腕を回す。

——起きたらたくさんお礼を言って、残りの夏休みは一緒に楽しもうと伝えよう。

そして久しぶりの柔らかなベッドを天国のように感じながら、私も夢の中に落ちていった。

それから数時間後、心配して様子を見にきてくれたルカが、薄着で一緒に眠っている私たちを見てとんでもない勘違いをし、大暴れするのはまた別の話。

一難去ってまた一難

それから二日後、私たちは今度こそトゥーマ王国の王都を観光し、旅行を満喫していた。

自国とは違うデザインのドレスを見たり、この国のお菓子を買い食いしたり、広場の舞台で披露されていた踊りを見たり。

街の人々もみんな気さくで優しい人ばかりで、それはもう楽しんでいる。

「お、美味しい……柔らかい……」

「あはは、ただのパンだよ」

「こんな美味しいものを食べられるなんて、地上は最高すぎる」

そして今は昼食をとるために入ったレストランで出てきた、柔らかくてもちもちの美味しいパンに感動し、涙が止まらなくなっていた。

もはや己の涙による少しのしょっぱさですら、良いアクセントに感じられる。

王子と吉田も静かに味わうように、ひたすらパンを食べている。

「姉さん、見て！　このスープ、噛める大きさの具が入ってるよ」

「本当だ！　えっ、嘘……お肉まで入ってる……!?」

二週間にも及ぶ地下生活により、どんなことにも喜び、感動できる身体になってしまった。

出てくる食べ物すべてがご馳走で、美味しくて仕方ない。

「なんだか胸が苦しくなってきたわ」

「そうだね、痛ましいよ」

そんな私たちの様子を見て、周りは憐れむような表情を浮かべている。

ユリウスは涙を流す私の目元をハンカチで拭ったり、料理を取り分けたりと尽くしてくれている。

きっと先日のことを気にしているのだろう。

——昨日の昼、ルカが様子を見にきたことで私たちは目を覚ました。

『お前……弱りきった姉さんになんてことを……』

『いやいや待って、本当に誤解だから！』

ルカはベッドで抱きしめ合う薄着の私たちと脱ぎ散らかされた服を見て、かなり派手に誤解をしてしまったらしく、それはもう暴れた。

一方のユリウスはなんと私をベッドで脱がせたあたりの記憶が一切ないようで、腕の中にいる薄着すぎる私の格好を見て、ひどく驚いていた。

『……本当にごめん』

『ううん、いいよ。すごく疲れてたのも分かるし、私もぐっすり眠れたから』

二人して爆睡していただけだし、恥ずかしかったくらいで全く嫌ではない。

それでもユリウスは「ありえない」「最悪だ」としばらく自己嫌悪に陥っていて、昨日は一日ひたすら申し訳なさそうな顔をしていた。

「でも無事に犯人は全員捕まって、被害者もみんな家に帰れたみたいで良かったね」

「うん！　しっかり裁かれてほしいな」

とはいえ、ＤＢを始めとするあの施設の人間たちは末端らしく、彼らの上にはさらに大きな組織があるようなんだとか。

これ以上の被害者が出ないよう、しっかり取り締まってもらいたい。

「レーネ、他に行きたい場所や食べたいものはない？　明日の予定も立てておくわ」

「テ、テレーゼ……ありがとう」

「ううん。セオドア様たちの意見もぜひ取り入れましょう」

私たち誘拐被害者の四人を尊重してくれていて、優しさにじーんとしてしまう。

ちなみに元々一週間だった滞在は誘拐によりプラスで一週間半ほど延泊中で、ここまで来たらと全員の予定を合わせ、今日を入れてあと三日ほど観光のために延泊することとなった。

今日と明日はみんなで観光し、明後日は再び個人行動の予定だ。

そして私は最終日、ユリウスと二人でデートをすることになっている。

「残りの三日は、絶対に絶対に楽しもうね！」

「ああ、そうだな」

「おう！　盛り上がっていこうぜ」

それからもお腹が苦しくなるまで美味しい食事をいただき、デザートのアイスなんて美味しすぎて倒れるかと思ったほどだった。


レストランを出て、みんなでお土産屋さん的なポジションの雑貨屋を回った後、私とユリウス、王子は一度ここで抜けることになった。

「じゃ、俺たちはこれから王城に行ってくるから」

「そうだったね。気を付けて」

みんなに手を振られ、振り返しながらユリウスと王子とともに馬車に乗り込む。

今日はこれからユリウスの手柄に関して、王城にて陛下と面会をすることになっている。

王子は立場上の付き添い、そして私は「絶対に側から離さない」というユリウスの意志により、一緒に行くこととなった。

とはいえ、他国の王城に行って国王陛下にお会いするなんて一生に一度あるかないかの貴重な機会だし、空気になりつつ楽しまなければ損だろう。

思っていたよりも早く王城に到着し、案内されたのは大きくて豪勢な扉だった。この奥に陛下がいる謁見の間があるらしく、こんなガチな感じだとは思わず緊張してしまう。

「えっ、これ本当に私も一緒に行って大丈夫？」

「平気だよ。俺が感謝される側なんだし」

「…………」

ユリウスも王子もいつも通りで、ソワソワしているのは私だけらしい。

堂々としている二人を見ていると安心し、やがて二人に続いて扉の向こうに足を踏み入れた。

「やあ、セオドア殿下。久しぶりだね」

「ご無沙汰しております」

「我が国であのような事件に巻き込んでしまったこと、心から謝罪する」

私は勝手に五十歳くらいのおじさんを想像していたものの、トゥーマ国王は二十代後半くらいの若くて美形なお兄さん、という感じの方だった。

それからは私とユリウスが陛下に挨拶をし、陛下はとても気さくに話をしてくれた。

「さすが殿下、素晴らしい友人をお持ちだ。僕はまだ即位してから日が浅くてね、犯罪の取り締まりまで完全に手が回っていなかったから助かったよ」

「いえ、もったいないお言葉です」

ユリウスは営業用のスマイルを浮かべており、まさに謙虚な学生という感じだ。

「だが、こんな若く美しい青年があれほどの功績をあげるなんて信じられない。何者なんだ?」

「本当にただの学生ですよ」

ユリウスは余裕のある笑みでそう答えてみせたけれど、やはり陛下も驚きを隠せないらしい。

確かにユリウスのチートっぷりは、ゲームの攻略対象キャラといえども群を抜いている。

とはいえ、王子の本気なんかもまだ見たことはないし、他のみんなもまだまだここから成長していくのかもしれない。

「何か望むものはないか？　このまま何の褒賞も与えずに帰しては、僕の面目が立たないんだ」

「そうですね、では――」

ユリウスが口を開くと同時に、後ろからバンと扉が開く大きな音がする。

直後、コツコツという足音が、広い謁見の間に響く。

「おい、この俺が呼んでんだからさっさと来いよな」

そして聞き覚えのある声に、思わず息を呑む。きっと私の勘違いだと思いながらも、答えを知るのが怖くて振り向くことができない。

「レーネ？　どうかした？」

私の様子がおかしいことに気付いたのか、隣に立つユリウスが小声で尋ねてくれる。

何も言えずにいる中、やがて足音は私の横を通り過ぎていく。

やがて玉座の側で足を止めたその人物の顔が見えた瞬間、二つの黒と視線が絡んだ。

「――レーネ？」

「メレ、ディス……」

ひとつに束ねた深淵のような漆黒の髪に、漆黒の瞳。ぞっとしてしまうくらいの美貌をした彼を、忘れるはずなんてない。

彼と会うのは去年の夏休み、自国の王城以来だった。

いつか再び邂逅するとは思っていたけれど、こんなところで会うなんて思ってもみなかった。

「へえ、覚えていてくれたんだ。嬉しいな」

楽しげなメレディスは微笑んでみせたけれど、その目は笑っていないように見える。

彼ほど心のうち——感情が一切分からない人は、見たことがない。

「メレディス様、困ります！　後ほどお伺いしますので、どうか……」

「………」

突然入ってきたメレディスを咎めるトゥーマ国王に対し、メレディスは「嫌だ」とでも言うようにふいと顔を背けた。明らかにメレディスが悪いのに、陛下はやけに下手に出ている。

そもそも陛下のいる場所にあんなにも不躾に入って来られるなんて、明らかにおかしい。この場に控えている大勢の騎士たちだって、誰一人動かなかった。

きっと、誰も彼を止められないのだ。

遠い国の教皇だと聞いていたけれど、想像している以上にその存在は大きいのかもしれない。

「なんでここにいる？　この国の人間じゃないよな？」

「……っ」

一度まばたきをした間にメレディスは玉座から目の前へ移動していて、楽しげな表情で私の顎を人差し指でくいと持ち上げる。

こうして近くで見るとより人間離れした美しさで、纏うオーラだって普通の人間とは違う。

もはや彼自身が神か何かだと、錯覚してしまうくらいに。

「ええと、夏休みの旅行に来ておりまして……」

ひとまず無視はまずいだろうと戸惑いながらもそう答えた途端、視界の端でユリウスや王子、陛下が信じられないという顔をしたのが見えた。

無難な回答を狙ったけれど、そんなにもおかしい答えだっただろうか。

「ああ、学生なのか。どこからどう見てもまだ子どもだもんな」

「レーネに触るな」

メレディスの言葉を遮るようにユリウスはそう言うと、私の顎を掴んでいたメレディスの手を思い切り振り払った。

突然入ってきた謎の男性に自らの恋人がこんなことをされているのだから、怒るのも当然だ。

その気持ちだって嬉しいけれど、今回ばかりは相手が悪すぎて色々な不安がつきまとう。

「は？　なに、お前。俺はレーネと話をしてるんだけど」

「…………」

やはりメレディスの美しい顔立ちには苛立ちが浮かび、ユリウスを睨みつけている。ユリウスにも引く様子はなく、一触即発という状況になんとかしなければと思った時だった。

「メレディス様！」

陛下の厳しい声が響き、びくりと肩が跳ねる。

メレディスも流石に陛下の言うことを聞く気になったのか、わざとらしく息を吐いた。

「……うるせえなあ、俺がその気になればこいつらもこの国も一瞬でぶっ壊せるのに」

恐ろしい呟きが耳に届き、ぞわりと鳥肌が立つ。普通ならこんな発言、冗談だと思うだろう。

けれどメレディスは本気だと、直感的に悟ってしまった。

「あ、あの、後で話しましょう！　い、今はアレなので、お願いします！」

とにかくメレディスの意識を他に逸らしたくて、必死に声をかける。無関係な人々はもちろん、ユリウスや王子に危害を加えられることだけは絶対に避けたい。

自分でも苦し紛れにも程があると思ったものの、メレディスは満足げに口角を上げた。

「いいよ、分かった。『後で』ね」

そしてひらひらと指先を動かし、姿はあっという間に見えなくなる。

再び謁見の間はしんと静まり返り、ひとまずこの場は耐えたとほっと息を吐いた。地下に攫われた時よりもずっと、強い緊張感を覚えていたように思う。

「……陛下、今のはどなたですか」

やがて沈黙を破ったのはユリウスだった。

その言葉遣いから、メレディスがかなりの地位にいる人物だと察したのが窺える。

「君たちと話をしている最中だったというのに、大変申し訳ないことをした。今のお方は神聖国のメレディス様で、この世界で一番の魔法使いと言われている」

「ああ、あれが」

困ったように微笑む陛下に対し、ユリウスは形の良い眉を寄せた。

この世界で一番の魔法使いという初めて知る情報、そしてまるでメレディスのことを知っているようなユリウスの口ぶりに戸惑ってしまう。

「五十年前、ミゼラ王国を一夜にして滅ぼしたという教皇ですね」

「えっ」

そして語られたとんでもない話に思わず大きな声を出してしまい、慌てて口元を覆った。

王国を一夜にして滅ぼすなんて、何かの間違いだと思いたい。

「流石、よく知っているね。それなら話が早いよ。メレディス様の機嫌を損ねてしまえば、国が滅びかねないんだ。情けない姿を見せてしまった」

陛下は片手で目元を覆うと、深く息を吐く。私はというと、陛下の反応から事実なのだと悟り、あまりの話のスケールの大きさに困惑を隠しきれずにいた。

――これまでメレディスはヒロインである私一人を死亡ＢＡＤへ導く、攻略対象の一人というだけの認識だった。

なんというか自分を中心にして、それを取り巻く人物くらいに考えていたんだと思う。だって乙女ゲームというのは、そういうものだから。

けれど彼は国どころか世界を揺るがすほどの力を持つ恐ろしい存在だと知り、ちっぽけな私なんかがどうにかできるとは思えなくなっていた。

そもそも五十年前だなんて見た目は私と同じか少し上くらいなのに、一体何歳なのだろう。

「メレディス様は神の使者であり、そのお言葉は人間には理解できない。だからこそ古くから伝わるハンドサインでご意志を汲み取るはず、なんだが……」

陛下はそこまで言い、言葉を濁す。

その視線は、まっすぐ私へと向けられた。

「――あ」

そしてようやく、先程みんなが私を信じられないという目で見ていたことに納得がいった。

私は普段通りに会話をしたつもりだったけれど、特殊能力により勝手にメレディスに合わせ、彼にしか分からない言葉を発してしまっていたのだと。

『死亡ＢＡＤは大体メレディスが犯人なんだ』

『メレディスってね、誰にも自分の言葉を理解されないの。誰よりも強い魔力を持つ代償として、かけられた呪いなんだ』

『だから、唯一理解できるヒロインに執着するんだよ』

アンナさんの言葉が蘇り、脳裏で警鐘が鳴る。

「…………」

周りからすれば、私も「神の使者の」「人間には理解できない言葉」を話していたことになる。

言い訳のしようもなく、何も言葉が出てこない。詳しいことなど何も知らなかったとはいえ、私が思っているよりもずっと、取り返しのつかないことをしてしまった気がした。

そして彼の「呪い」は都合よく「神の言葉」として伝わっているらしい。けれどあの容貌で世界一の魔法使いとなれば、誰だって信じるのも理解できる。

「あ、あの……」

「陛下、先程の褒賞についてですが」

とにかく何か言わなければと口を開くと、被るようにユリウスが発言した。

ユリウスは真剣な表情を浮かべ、まっすぐに陛下を見つめている。

「レーネに関して一切追及しない、他言しないと、この場にいる全ての方に約束していただくことは可能でしょうか」

「――え」

予想外のユリウスの申し出に、固まってしまう。陛下は私とユリウスを見比べ、少しの間考え込む様子を見せた後、目を伏せた。

「……ああ、分かった。約束しよう」

「ありがとうございます」

それからは約束通り、何も尋ねられることはなく。

陛下は魔法による誓約書まで用意してくださり、それを手に私たちは王城を後にしたのだった。

その後、滞在先に向かう馬車の中は全員が無言だった。
ユリウスはずっと窓の外を見つめていて、王子は気遣うような眼差しを向けてくれていた。
「あら、レーネ。おかえりなさい」
「ただいま。みんな、あの後も観光は楽しめた？」

「ええ、色々と面白いことがあったから、後で聞いてちょうだい」

「もちろん！」

ホテルに到着すると既にみんなも戻ってきていて、夕食まで部屋を行き来しては各々好きに過ごしているという。

テレーゼはミレーヌ様と公爵令嬢コンビで、これからお茶をするようだった。一緒にどうかと誘ってもらったものの、ユリウスと話をしなければと思い、遠慮しておく。

王子が吉田とルカの地下コンビに誘われてどこかへ向かったのを確認した私は、アーノルドさんと話をしていたユリウスに声をかけた。

「ユリウス、少しだけ話せるかな」

「いいよ。俺たち少し二人で話したいから、上の部屋にはしばらく誰も入らないようにして」

「はーい、ごゆっくり」

アーノルドさんにそれだけ言うと、ユリウスは歩き出す。

そうしてユリウスが宿泊している部屋に移動して、私たちは並んでソファに腰を下ろした。

「……さっきは助けてくれてありがとう。ユリウス、本当はお願いしたいことがあったのに」

メレディスが入ってくる直前、ユリウスは陛下に対して何か言いかけていたことを思い出す。

それなのに私を庇うために、あんなお願いをすることになってしまった。

「いいよ、元々大したことじゃなかったし。レーネが一番大切だから」

さらっと至極当然と言わんばかりにそう言ってくれるユリウスに、胸が締め付けられる。

「それにあのままだと、かなり面倒なことになっていただろうから。世界の脅威である神聖国の教皇の言葉を唯一理解できて気に入られている人間なんて、どの国も喉から手が出るほど欲しい存在だろうね。レーネの存在が知られたら、他の国々も躍起になって利用しようとするはず」

「……っ」

それほどメレディスは畏怖の対象であり、渇望される力でもあるのだろう。

メレディスの庇護を受けるため、国の資産の何割かを差し出すところさえ存在するのだと、ユリウスは教えてくれた。

改めてユリウスがいてくれて良かった、今後は気を付けようと反省した。

「で？　さっきのことについて聞いてもいいのかな」

「………………」

──ユリウスにどこまで話すべきなのだろう。

元々は心配させたくない、巻き込みたくないという理由から、エンディングを迎えた後に全てを話そうと思っていた。

けれど結局私は何度も助けられ、巻き込んでしまっている。

だからこそ話せる範囲で話しておくべきではないかと、今は考えていた。

「……まずですね、私は多分、この世界に存在する全ての言語が理解できるんだと思う」

「本気で言ってる？」

こくりと真剣な眼差しを向けたまま頷くと、ユリウスは溜め息を吐いて前髪をかきあげた。

理解し難いというその反応だって、当たり前だ。過去に調べてみたけれど、そんな魔法なんて存在しなかったし、普通に考えればあり得ないチートすぎる能力だと思う。

「だから教皇の言っていることも分かったんだ。いつから？」

「ええと、階段から落ちて記憶を失った時から、かな」

流石に今この場で『私は乙女ゲームのヒロインであるあなたの妹と入れ替わった異世界人です』という説明まではしないでおこうと思う。

情報量が多すぎること、今回の問題に直接的な関わりはない部分であること、元のレーネとユリウスの関係については謎が多く、センシティブな問題だということが理由だった。

「だから急に異国語のテストだけ満点を取るようになったんだね」

「その通りです」

「……本当、レーネってどうなってんの」

王城を出てずっと無表情に近かったユリウスがどこか呆れたように、諦めたようにふっと笑ってくれたことで少しほっとする。

つられて笑顔になった私は、一番触れにくい話題に突入することにした。

「メレディスさんとは去年の夏休みに王城で出会いまして、一度きりの短い会話だったけど言葉が交わせることで気に入られたんだろうなと」

「なるほどね」

ユリウスは口元に手をやり、じっと足元を見つめながら納得した様子をみせる。

そして私に向き直ると、ふたつの碧眼で私を見つめた。

「とにかくあいつとは関わらないようにして。絶対に」

「ぜ、善処します……」

ついさっき「また後で」なんて言ってしまった以上、はっきりとした約束はできない。そんな会話も周りには聞こえていなかったのだと、今更になって理解した。

とにかくメレディスとは一度ちゃんと話をして、上手く折り合い的なものをつけたい。

「レーネって、本当に俺を退屈させてくれないよね。良い意味でも悪い意味でも」

「えっ？」

「流石にあれは相手が悪すぎる」

私には分からなかったものの、ユリウスにはメレディスの魔法使いとしてのオーラというか、その凄さが伝わっていたのかもしれない。

ソファの背に思い切り体重を預けると、ユリウスは私の頬に触れた。

「あーあ、世界一の魔法使いでも目指そうかな」

普通なら、絶対に無理だと笑い飛ばされるような話だろう。けれどユリウスなら本当に実現してしまうかもしれないと、本気で思えてしまう。

それが私を守るためだということだって、分かっていた。

「ユリウスなら本当になれちゃいそうだね」

「レーネの中の俺、すごすぎない？」

くすりと笑ったユリウスが私の頬に触れている手のひらに、自身の手を重ねる。

そして大好きなサファイアの瞳を見つめ、口を開いた。

「それと、今まで色々隠していてごめんね。他にも話せていないことがあるんだけど、いつかユリウスには全部聞いてほしいと思ってる」

ユリウスは思いがけないという反応をした後、薄く微笑んだ。

「……分かった。俺もいつかレーネに全てを話したいと思ってるよ」

たくさん気になることはあったけれど、今はその言葉だけで十分な気がした。

なんだかんだ私自身とユリウスは、まだ知り合って一年ほどなのだから。

「あと、すごくすごく好き」

そう言って抱きつくと、ユリウスはすぐに両腕で受け止めてくれる。胸元に顔を埋めて甘えてみれば、頭上でユリウスがふっと笑ったのが分かった。

「今日は積極的だね。俺は嬉しいけど」

「本当は地下にいる間、ずっと甘えたいと思ってたんだ」

「そっか。いくらでもどうぞ」

私の頭を優しく撫でてくれるユリウスはやっぱりいつだって私に甘くて、このままだと本当にユリウスがいなければ駄目になってしまいそうだ。

「こういうのは迷惑じゃない？」

「まさか、むしろその逆だよ。嬉しくて仕方ないくらい」

「ふふ、良かった」

――とにかく今は焦らず、けれど少しずつ確実に、お互いのことを知っていきたい。

そんなことを考えながら、大好きなユリウスの腕の中で静かに目を閉じた。

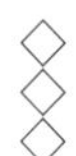

その日の晩、私は隣ですやすやと眠るルカの頭をそっと撫でた後、ベッドから抜け出した。

ソファにかけていたストールを肩から羽織り、静かに窓を開けてバルコニーへと出る。

するとそこには美しい満月を背に、バルコニーに腰掛けるメレディスの姿があった。

「やあ、レーネ」

やはりメレディスはどこまでも綺麗で幻想的で、特別な存在には変わりないのだと実感する。

「よく気が付いたね。完全に気配を消していたのに」

「なんとなく、ここにいるような気がして」

気付いていたわけでもないのに、なんとなくこうすればメレディスに会える気がしたのだ。ヒロインと攻略対象というのはどこかで繋がっているのかもしれない、なんて思った。

「こっちおいで」

「わっ」

返事をする前にふわりと身体が浮き、そのままメレディスの隣に座らされる。

その間、私の身体は一切の自由が利かず、私ごときなんていつでも好きにできるのだと実感し、ごくりと息を呑んだ。

少しでもバランスを崩せば、地上数十メートルから真っ逆さまだ。恐ろしくなって「ひえっ」という可愛げのない声が漏れてしまい、メレディスはくすりと笑った。

「大丈夫、落としたりなんてしないよ。レーネが俺を拒否しない限りは」

「ス、ストレートな脅しですね……」

「俺は誰かに冗談や軽口を言えるほど、会話に慣れていないからね」

本気なのか冗談なのか皮肉なのか分からず、返事に困ってしまう。

けれど誰にも自分の言葉を理解されないなんて、想像もつかないくらい孤独に違いない。やはり胸が痛んでいると、メレディスは私の髪をするりと一束掬い取った。

「レーネはなんで俺の言葉が分かるの？　この数百年、そんな人間なんていなかったのに」

「頭を打って目が覚めたら、全ての言語が分かるようになっていたんです」

メレディスの漆黒の瞳は全てを見透かしそうで、嘘を吐いてはいけないような気がする。

だからこそ、嘘は言っていない。

私の髪を指先にくるくると巻き付けながら、メレディスは「ふうん」と口角を上げた。

「何それ、意味が分かんないや。やっぱりレーネは面白いな。もっと早く会いにくれば良かった。それに敬語もいらないよ」

「わ、分かった」

「本当はあの後すぐに会いに行こうと思ってたんだ。でも俺、ここ一年くらい眠ってたから」

今しがた数百年と言っていたし、彼ほど長寿だと一年も眠ることだってあるのかもしれない。気になることはたくさんあるけれど、ひとまずこれだけは聞いておきたい。

「……あの、私のこと、どう思ってる？」

先程のメレディスのことを言えないくらい、我ながらストレートすぎる問いだった。けれど他の尋ね方が分からず、良い言葉も見つからない。

とにかくメレディスが私のことをどう思っていてどうしたいのか、それが何よりも重要だった。

「あはは、レーネだって会話が下手だね。いきなりそれを聞くんだ」

お腹を抱えて楽しげに笑う姿は少年らしさがあって、なぜかその様子を見ていると、無性に胸が痛んだ。

メレディスはこんな風に、誰かと当たり前のように笑い合うことだってできないのだから。

「ねえ、レーネ」

不意に名前を呼ばれ、青白い右手がこちらへと伸ばされた。

メレディスは私の耳に触れ、すり、親指で撫でられる。まるでペットを愛でるようだと思ってしまいながらも、私は指先ひとつ動かせずにいた。

「俺のものにならない？　レーネが死ぬまでは一生、かわいがってあげるよ。欲しいものだってなんでも用意してあげる」

「……え」

まだ知り合って間もないというのに「俺のもの」「一生」というワードに、困惑を隠せない。

それでいて、やはり彼からすると私は愛玩動物のような感覚なのかもしれないと思った。

「わ、私が断ったらどうするの……？」

「うーん、無理やり連れて帰ろうかな。未練をなくすために、レーネの周りの人間を全員殺して回るのもいいかもしれない」

メレディスはなんてことのないように、そう言ってのける。

冗談めいた軽い調子だけれど、彼が本気だと分かってしまった。

この世界にはきっと、彼を裁くことができる人など存在しない。だからメレディスはいつだって自分の欲望に忠実で、何かを我慢する必要なんてないのだろう。

過去に国一つを滅ぼしたって、立場も失わずに自由にしているのが何よりの証拠だった。

常識や普通なんて通じる相手ではないのだと、改めて実感する。

「……ごめんなさい。それでも私は、メレディスのものにはなれない」

それでも、メレディスの言う通りにするわけにはいかなかった。

私の人生は私のものだし、大切な恋人や友人たちとこの先もずっと一緒に生きていきたい。

「ふうん？　まあ、まだ会ったばかりだもんな」

納得したような様子のメレディスは、私の耳に触れていた手をそのまま下へ滑らせた。

冷たい手のひらが首を覆い、ぞわりと鳥肌が立つ。

「でも、そんなことは関係ないんだよ。俺は俺のやりたいようにするから」

ぐっと首に回した腕に力を込めながら、メレディスは笑顔でそう言ってのけた。

きっと彼にとって私みたいな小娘ひとりの命なんて取るに足らないもので、そもそも私に選択肢など最初から存在しないのだろう。

ゲームをプレイしていない以上、私がどこで間違えてしまったのかは分からない。

けれど、このままでは無理やり連れていかれるバッドエンドは確実だった。

「レーネと話してると、久しぶりに楽しいと思えるんだ」

「………………」

恐怖を抱く一方で、心から同情もしていた。

私だって誰にも言葉が伝わらない孤独な世界にいて、唯一理解してくれる相手が現れたら、側に置きたいと思うはずだから。

だからこそ私は、お互いの望みを叶えられる方法に賭けることにした。

「——メレディスが呪いにかかったのはいつ？」

勇気を出してそう尋ねると、メレディスの顔から笑みが消えた。

この世界では「神の使い」という設定になっているから、このことは誰も知らないのだろう。

「なぜそれを知ってる？　俺以外は誰も知らないはずなのに」

首にかけられた手に、さらに力が込められる。

心臓が嫌な音を立てているのを感じながら、私は続けた。

「私ね、違う世界から来たの。だから他の人とは違う特別な力を持ってる」

「……それで？」

メレディスの反応が変わったのが分かった。こんな突拍子もない話なのに、疑う様子はない。

――今、私がすべきことはメレディスに「唯一の言葉が分かる相手」として以外の価値を見出させることだ。

そしてその上で、彼と交渉しなければならない。

「私はメレディスの呪いを解くのに協力したいと思ってる。その代わり、私のお願いをひとつだけ聞いてほしい」

はっきりそう言うと、メレディスは切れ長の目を見開いた。

――私はメレディスに執着されて殺されたくないし、メレディスは呪いから解放されたいはず。

だからこそこれが、お互いにとって一番良い道だろう。

そんな気持ちを込めて、黒曜石によく似た瞳をまっすぐ見つめる。

メレディスはしばらく驚いた様子を見せていたものの、やがてぷっと噴き出した。

「あははははは！　レーネみたいな赤ん坊以下の魔法使いが、俺が数百年かけても解けなかった呪いを解いてくれるって？　それは傑作だ」

「あ、あかんぼう……」

本当におかしくてたまらないという様子のメレディスは、私の首にかけていた手を離し、両手で私の頬を包み込んだ。

ぐっと顔と顔が近づき、漆黒の光を宿さない瞳に映る自分と目が合う。

「いいね、いいよ。絶対に無理だと分かってるのに、お前なら何かしてくれそうな気がしてくる。

どうしてだろう？　レーネが『異世界から来た』からかな」

「……じゃあ、私の提案を受け入れてくれる？」

「そうだね。レーネの望みは何？」

私は一呼吸置くと、一番の望みを口にした。

「絶対に私を殺さないでほしい」

意外だったのか、メレディスは「へぇ」と感心するような声を出す。

「そんなことでいいんだ。俺にかかればどんな望みだって叶えてやれるのに」

「うん。私はそれだけでいい」

「そっか、約束してあげる。期間は五年ね」

「……分かった」

本当は五年なんて短くて不安だったけれど、あくまで私はメレディスに「お願い」をしている立場なのだ。文句なんて言えるはずもない。

唇の端をつり上げたメレディスは私の顔を掴んだまま、今度は耳元に口を寄せた。

「その代わり呪いが解けなかった場合は、お前を一生俺の側に置いておくからね。生かすも殺すも俺の自由だし、そもそも解けなかった場合は殺しちゃうかもしれない」

低くて甘い声で囁くようにそう言われ、ぞくりと鳥肌が立つ。

それでもなんとか「分かった」ともう一度告げれば、メレディスは「交渉成立だね」と子どもをあやすように私の背中をぽんぽんと撫でた。

――もちろんこんな恐ろしい約束なんてしたくなかったものの、元々メレディスは問答無用で私を攫う気でいたのだから、交渉としては大成功だと思いたい。

私から少し離れたメレディスは綺麗に微笑み、私の右手を取った。

「えっ」

そして手の甲に唇を軽く押し当てた途端、ぱあっと銀色の光が広がる。慌てて手を引き抜こうとしたけれど、かなりきつく掴まれていてそれは叶わない。

メレディスは何か呪文のようなものを呟き、やがて光は収まる。手の甲を見ると銀色に輝く五芒星のようなものが浮かんでいて、やがてすうっと消えていった。

「これは……？」

「契約の証だよ。今から五年間のね」

これがある限り、メレディスは私を絶対に殺せないという。つまり五年間の間は自由と命が保証されたことになる。とりあえずは乗り切ったと、小さく息を吐く。

「それとレーネが本当に困った時は一度だけ、俺が助けてあげるって契約も入れておいたよ」

「……ほ、本当に？　なんで？」

「普通はその辺の国がこの先数百年分の莫大な富をよこす代わりに約束してやるものなんだけど……って何でそんな怯えてんの」

「ただより高いものはない、という言葉がありまして……」

あまりにも私に都合の良い契約で、逆に怖い。

本来なら強大な力を持つメレディスはこんなまどろっこしいことをしなくても、簡単に私一人なんてどうにかできるのに、そこまでしてくれる理由が分からなかった。

今だって、単なる面白枠として見逃されたに過ぎない。

そんな私の気持ちを見透かしたように、メレディスは笑う。

「俺は今、ものすごく気分がいいんだ」

「どうして？」

「多分、レーネが俺の呪いを解くって言ってくれたのが嬉しかったんだろうな。これまでずっとこの呪いを一人で抱えてきたから」

「……そっか」

他人事のように言ったメレディスが物凄く恐ろしいことに変わりはないけれど、とても寂しくて悲しい人だと思った。

しょうもないゲームの都合で生み出された設定に苦しめられている彼を、救いたいとも思う。

私は手すりに無造作に置かれていたメレディスの左手を両手で包むと、ぎゅっと握りしめた。

「私、呪いが解けるように頑張るから！」

「……うん、楽しみにしてる。またね」

メレディスは目を細めて笑い、ほんの少しだけ私の手を握り返す。

そして次に瞬きをした時にはもう姿はなくなっていて、私はルカの眠るベッドの中にいた。

「……ねえさん？」

「あっ、ごめんね。何でもないよ」

突然のことに驚いて私が身じろぎをしたせいで、隣で眠っていたルカが薄目を開ける。

よしよしと撫でるとくっついてきて、また寝息を立て始めたかわいい寝顔を見ていると、今しがたの出来事が全て夢だったのではないかと思えてくる。

夢だったらいいのにとも思うけれど、これは間違いなく現実だった。

世界一の魔法使いであるメレディスが数百年かけても解けなかった呪いをどう解けばいいのかなんてさっぱり分からないし、今の私はランク試験ですらギリギリで余裕なんてない。

それでも諦めることなんて、できるはずがない。

「……とにかく、頑張らなきゃ」

できる限りのことをして精一杯足掻いて、絶対にハッピーエンドを掴んでみせると誓った。

初めての恋人デート

翌日ルカといつも通り起床した私はみんなで朝食を食べ、十人全員で王都を観光して回った。

メレディスのことなど解決すべきことはあるものの、残りの旅行期間の二日間はひとまず忘れ、全力で楽しもうと思っている。

なんでもメリハリというものは大事だと、私は前世で学んでいた。

「レーネちゃん、この味も美味しいよ。食べてみて」

「ありがとう！　ラインハルト」

「おいレーネ、こっちからの方が良く見えるぞ！　来いよ」

「あ、ありがとう……！」

常にみんなが優しくて、涙が出そうだった。

やはり大好きなメンバーに囲まれていると、移動中に景色を見ながら他愛のない話をするだけでも楽しくて、口元が緩みっぱなしになる。

「ど、どうしよう……あまりにも楽しくて私、明日死ぬのかもしれない」

「レーネが楽しそうで俺も嬉しいよ」

ユリウスもずっと笑顔で、余計に嬉しくなった。

——途中、観光をしている私達に気を遣ってくれた騎士団の人が昼食の時間に合わせてくれて、事情聴取の続きを受けた。

犯人たちは終身刑になるそうで、一生外に出られないと聞いて安堵した。

「最近は各地で犯罪組織が活発な動きを見せているので、国に戻られた後もお気をつけください」

メレディス含め、なんて治安の悪い乙女ゲーム世界だと思いながらもお礼を告げる。

それからもみんなで景色の美しい有名な場所を巡ったり物作り体験をしたりと、修学旅行のような観光をして回って、本当に楽しい時間を過ごした。

「この鉱物は偽物じゃないか」

「そうですね。本物はもっと控えめな輝き方をするし」

途中のお土産屋さんでは鉱物のアクセサリーを見つけた吉田とルカがそんな会話をしており、地下での経験により、審美眼(しんびがん)が養われていて笑ってしまった。

思いきり遊んでホテルに戻った後はなぜか、みんなで怖い話大会をすることになった。言い出したのはアーノルドさんで、こういった話が大好きなんだとか。

「あの私、そういう話は本当に苦手なんですけど……」

「大丈夫だよ、生きている人間の方がよっぽど怖いから。女の子は特に恐ろしいよね」

「…………」

幽霊の出てくる話よりも、アーノルドさんの実体験の方がよほど怖い気がしてならない。

全員で広い部屋に輪になって集まって灯りを消し、俗に言う百物語形式で、一人ずつ知っている怖い話をしていくことになった。

「これは僕のお祖父様から聞いた話なんだけど──……」

魔法があるファンタジー世界にもやはり、幽霊という概念はあるらしい。

ラインハルトの語りが上手すぎてかなり怖く、テレーゼと抱き合って何度も叫んでしまった。

平然としているのはアーノルドさん、ユリウス、王子、ラインハルトだけ。女子組は私だけでなくテレーゼ、そしてまさかのミレーヌ様まで怖がっている。

「だって、怖いじゃない。幽霊って魔法の物理攻撃も効かないって言うし……」

いつも凛として強気なミレーヌ様の可愛らしい姿に、恐怖心よりときめきが優(まさ)ってしまう。

ミレーヌ様は俺が守る、という気持ちになったものの、やっぱり私も怖い。

「俺ね、こういうミレーヌを見るのが好きなんだ」

「死んでちょうだい」

アーノルドさんとミレーヌ様はそんなやりとりをしていて「もしや好きな子ほど……？」という妄想をしてしまったけれど、ユリウスは「絶対にない」「ただの嫌がらせ」と言っていて意外だった。

男子組はというと、全く怖がらなさそうな吉田、ヴィリーもしっかりびびっていた。

「俺さ、ガチで見たことあるんだよ。金縛りも年に一回は必ずなるし、だから怖くてさ」

そうして語られたヴィリーの実体験は、それはもう恐ろしいものだった。

親戚の屋敷に泊まった際、天井裏から出てきたムカデのような女性に追いかけ回されたという話は全員が息を呑むくらいリアルで怖くて、正直ちょっと泣いた。

「や、やっぱりお化けっているんだね……ねえ吉田、怖すぎない？」

「……俺は怖がってなどいない」

「…………」

「…………」

「ワッ」

「うわあっ！　くそ、ふざけるな！　もうお前とは口をきかない！」

「あはは、ごめんって」

強がる吉田を脅かしたところ、ぺしんと頭を叩かれて怒られた。びびりな吉田も好きだ。

そんなやりとりをしているとルカが近づいてきて、私の身体にするりと回した。

「姉さん、こわあい」

「お、お姉ちゃんが守るからね……！」

「いやお前、さっきまで真顔でつまんなそうに聞いてたよね？」

怖がるそぶりを見せるルカの首根っこを掴み、ユリウスはぐいぐいと引っ張る。

いつしかホラーな雰囲気も失われていき、怖い話大会は幕を閉じたのだった。


そうして各自部屋へと戻り、私もルカと仲良く寝る支度を済ませてベッドに入った。

「おやすみなさい、ルカ」

「姉さん、おやすみ」

「…………」

「…………」

「……ねえルカ、まだ起きてる？」

「起きてるよ」

「…………」

「…………」

「ねえねえルカ、まだ起きてる？」

「うん、起きてる」

「…………」

「…………」

「あの、ルカーシュさん」

「怖くて眠れないなら、寝付くまで見ててあげる。大丈夫だよ」

「本っ当にすみません……」

灯りを消してベッドに入って目を瞑ると、先ほどの怖い話たちがやけにリアルに脳内で再生されてしまい、ドアの方やベッドの下、天井までついつい気になってしまうという最悪の恐怖のループに入ってしまった。窓の外の風の音にさえ、びくっとしてしまう始末。

ルカは身体を起こして灯りを再度つけ、私の手を握る。

「これでもう怖くない？」

「うん、大丈夫。ありがとう」

「姉さんが眠るまで適当に話をしておくね。相槌もいらないから、眠れそうな時に寝て」

脳裏で襲ってくるイマジナリー幽霊たち、それから救ってくれるどこまでも出来た弟を前に、私は雀の涙ほど残っていた姉としてのプライドの全てを捨てた。

苦手なものはもう苦手でしかないし、こればかりは仕方ないと開き直る。別の部分でルカにはしっかり恩返しをしようと思う。

「ルカ、私のお兄ちゃんにならない？」

「うーん……間をとって双子とかどう？」

「ふふ、それはそれで楽しそう」

そんな他愛のない話をしていると安心して、ルカの手がとても温かくて、だんだん瞼が重たくなってくる。やがてルカの心地良い声が遠ざかっていき、私は夢の中へ落ちていった。

「おやすみ、姉さん。ずっと側にいるからね」

ルカのお蔭で睡眠不足にならずに済み、迎えた最終日。

再び数人に分かれる予定で、私はユリウスと二人で行動することとなった。

「行こうか、レーネ」

「はい、よろしくお願いします！」

「あはは、なんで敬語なの？」

みんなと別れ、ユリウスにエスコートされて馬車に乗り込む。

いつものように隣り合って座り、窓の景色を眺めていると、後ろから手が伸びてきてぐっと引き寄せられた。バランスを崩したことで、膝の上からユリウスの顔を見上げる体勢になる。

「ねえ、外なんかより俺の方見てよ」

「すごい、そんなセリフが似合う人って存在するんだ」

膝枕状態の私に顔を近づけたユリウスは、ふっと微笑む。

「今日、俺たちが付き合ってから初めてのデートなんだし、もっと俺はいちゃつきたいんだけど」

「はっ……確かに」

言われてみると付き合ってからというもの、デビュタント舞踏会やらなんやかんやで、二人きりでちゃんとお出かけする機会がなかった。

「しかも旅行中だってあんなことになって、全然レーネと過ごせなかったし」

「返す言葉もございません」

「だから今日は俺が満足できるよう、頑張ってね」

ユリウスの満足ラインがどこなのか何なのか分からないものの、私がそこを超えるのは至難の業だということだけは分かる。

けれど実は私もそれなりに気合を入れ、覚悟を決めてきていた。

『じゃあ夏休みの間に、キスさせて』

あの約束が果たされるのは、なんとなく今日この日なのではないだろうかと思ったからだ。

もちろん嫌なんかではないし、ただ恥ずかしくて照れくさいだけ。きっとユリウスがリードしてくれるはずだし、私は大人しく受け身でいればいいはずだと信じている。

「わっ」

「あはは、大丈夫？」

そんな考え事をしていると不意に頬に柔らかいものが触れ、それが何なのか理解した途端、私は椅子から転げ落ちかけていた。

「す、すみません……」

ユリウスに腕を掴まれて引っ張り上げられる姿は、傍から見ればさぞかし情けないだろう。

こんな私を「かわいいね」なんて言う奇特なユリウスが、神のように思えてくる。

私の覚悟などさっぱり使い物にならないのではという不安を抱いたまま、恋人になって初めてのデートは幕を開けた。


それからはユリウスに手を引かれ、様々な観光スポットを見て回った。

「レーネ、こういうの好きでしょ？」

「正直ものすごく好き」

何もかもがスマートな上に私が好きなものをよく理解してくれていて、私が楽しむことを一番に考えてくれているのが分かった。

私のために色々と調べて計画を立ててくれたのだと思うと、じんとしてしまう。

「この辺りの街並み、レトロで素敵だね！　かわいい」

「そうだね。ゆっくり見て回ろうか」

王都の外れには古びた街並みが広がっており、運河沿いには石畳(いしだたみ)の道が続いている。

二人で手を繋ぎながら、美しい街をゆっくりと歩いていく。

「……私ね、こんなふうにデートすることに憧れてた気がする」

この世界に来てすぐに「恋愛がしたい！」と意気込んでいたけれど、私にはやっぱりどこか縁遠いものだと思っていた。

恋人とこうして過ごしている今が、どこか非現実的に感じられる。

「これから先もたくさんしよう」

「うん、ありがとう」

出会った頃からは想像もつかないほど優しい笑みを向けられ、心臓が波打つ。

ユリウスの些細な言動ひとつひとつに対して「好き」だと強く思ってしまう。

「あれ、なんだろう？」

そんな中、指差した先には、大きな歓声が外まで聞こえてくる巨大なドーム状の建物があった。

ユリウスはあれが何か知っているようで「ああ」と頷く。

「闘技場だよ」

「と、闘技場……⁉」

アニメや漫画でしか聞いたことのないワードに、少しの衝撃を覚えてしまう。

血まみれで死人が出たり恐ろしい魔物と戦わせたりというイメージをしては震えていたところ、ユリウスはくすりと笑った。

「多分レーネが想像しているようなものじゃないよ。最近は色々と厳しいし、単に力くらべみたいな感じだから。デートには不向きだけど、この大陸で闘技場はトゥーマ王国にしか残ってないし、社会勉強がてら少し見ていく？」

「いいの？　せ、せっかくだしそうしようかな……」

何でも経験は大事だし、闘技場では魔法を使っての戦いがメインらしく、対人戦の勉強にもなるかもしれない。デートらしさはないけれど、気になって仕方ない。

チケットを購入して二人で会場の中へ入ると、観客席は大勢の人々で溢れ熱気に包まれていた。

「参加者、募集中でーす！」

闘技場で行われる試合は色々な形式があるらしいものの、今日は一般から参加者を募って勝ち抜き戦をしているみたいだった。

試合ごとにどちらが勝つかお金を賭けて遊ぶようで、あれほど盛り上がるのも納得してしまう。

「痛みはそのまま感じるけど、実際には怪我をしないようになっているから安全なんだ」

「それなら安全で平和でいいね」

国の管理下で行われていることもあり、本当に健全な仕組みなんだとか。

そうして席に向かう途中、ずらりと並ぶ賞品が目に入った。

「一勝はこの中から、五勝するとここにある全てから選べるんですよ」

「なるほど、色々あって面白いですね」

じっと見つめている私に気付いたらしいスタッフの男性が、にこやかに教えてくれる。

参加者への賞品らしく、キッチン用品から子ども向けのぬいぐるみまであって、なんだかパチンコ屋の景品みたいだという感想を抱いた。

本当に健全な催（もよお）しだなあと思いながら楽しく見ていた私は、はっと息を呑む。

「こ、これは……！」

ぬいぐるみコーナーの中に、お気に入りのクマのぬいぐるみの限定版があったからだ。

去年の夏休みにも吉田とともにシュ……シなんとかという激ダサボートレースに参加し、ゲットしたりと地道に集めているものだった。

まさか地方限定だけでなく国を超えた限定品まであるとは思わず、胸が高鳴ってしまう。

「あの、これって買ったりなんてできませんよね……？」

「そうですね。申し訳ありませんが……」

やはり賞品は賞品なのだし、諦めようと再び歩き出したところで、ユリウスに腕を掴まれた。

ユリウスはクマのぬいぐるみに視線を向け、口を開く。

「これ、三回勝つだけでもらえるんだ？」

「は、はい。ですが、今勝ち抜いているのが過去に十連勝した方なので、厳しいかと……」

「いいよ、何でも。参加するから」

「えっ」

まさかのまさかで、ユリウスは試合に参加してぬいぐるみをゲットしてくれるつもりらしい。

漫画などではよくゲームセンターでデートをして、ＵＦＯキャッチャーでぬいぐるみを彼氏に取ってもらうという場面があるけれど、闘技場で数人倒してぬいぐるみゲットは前代未聞すぎる。

安全面の問題がないとはいえ、流石にそこまでしてもらうのは申し訳ないと思った私は、慌ててユリウスの腕を掴んだ。

「いやいや、いいよ！　ちょっと気になっただけだし」

「すぐ勝って戻ってくるから、安全な場所で少し待ってて」

ユリウスはなんてことないようにそう言うと、完全個室のＶＩＰルームを押さえた。

そして私をそこへ送り届けると「じゃ、行ってくる」と軽い調子で立ち去っていく。

「だ、大丈夫なのかな……」

犯罪組織を壊滅して回ったことを思うと、実際に怪我もしない試合なら安全な気もしつつ、ソワソワしてしまう。

やけに広い豪華な部屋で一人、ガラス越しに舞台へと視線を向ける。するとノック音が響き、細身でやけに露出の多い服を着た綺麗なセクシーお姉さんが、飲み物やお菓子を手に入ってきた。

「お嬢ちゃん、せっかくだし少し賭けてみない？　そっちの方がドキドキして楽しめるわよ」

「あっ、そうですよね。そうだ」

クマのぬいぐるみに気を取られていたけれど、本来のこの場所の楽しみ方は試合を見て賭け事をすることなのだろう。

どうしようと思いながら再び舞台へ視線を向けると、こちらを見上げ、不敵な笑みを浮かべたユリウスと目が合った。

私は鞄からお財布を取り出し、旅行用にと多めに持ってきていたお金を全て差し出した。

「――あの銀髪のお兄さんに、ここにある全部を賭けます」

クマのぬいぐるみを左腕に抱きしめ、右手でユリウスと手を繋ぎながら、私はすっかり日が落ち

薄暗くなった街中を歩いていた。

「ごめんね、思ったよりも時間がかかって」

「ううん、本当にありがとう！　見てるだけで楽しかったよ」

あれからユリウスは三人抜きどころか、十人抜きをやってのけてしまった。

あっさりと三人を倒してそのまま帰ろうとしたところ、沸き立つ観客やスタッフに止められてしまい、結局そのまま試合に出続けることになった。

お蔭でお目当てのぬいぐるみだけでなく、他の賞品や賞金までもらっていた。

「ユリウス、本当にかっこよかった！」

もちろん相手がみんな弱かったわけではない。ユリウスが強すぎただけだ。

様々な属性の魔法を使いこなした上で、なんというか「魅せる」戦い方をしていた。だからこそ観客も沸き立ち、私もその姿に見惚れてしまっていた。

ただ勝ってのけるだけでなく、そんな余裕まであるなんてやはりチートな存在すぎる。

「それなら良かった。レーネに格好いいところを見せたかったから」

「ユリウスさんはいつだって格好いいですよ」

「本当？　惚れ直した？」

「それはもう」

魔物と戦っているところは見たことがあったけれど、こういった対人戦は初めて見た。

勉強も兼ねてじっくり十試合見ていて思ったのは、対人戦は特に頭を使う必要があるということだった。相手の数手先の攻撃を読み、魔法の発動時間や相性や残量を考えて攻撃する必要がある。

ワンパターンの攻撃しかできない弱い魔物などとは、別次元だった。

「慣れだよ、慣れ。こういう時はこうしたら良いってパターンを身体に覚えさせておくと、いざという時でもなんとかなるから。魔力の制御ができるようになったら、その辺りも練習しようか」

「ありがとう！　やっぱりユリウスも練習したの？」

「そうだね、俺は子どもの頃からアーノルド相手によく練習してたよ。実力も近いし、ああいう天才型は予測がつかないことをしてくるから、ちょうどいいんだよね。容赦なく攻撃できるし」

「ふふ、そうなんだ」

「……なんでそんなに嬉しそうなの？」

「昔のユリウスの話を聞くのって、なんか嬉しいんだよね。もっと知りたいくらい」

するとユリウスは一瞬驚いた様子を見せた後、ふっと笑った。

「俺は自分の話をするのは好きじゃないんだけど、レーネになら知ってほしいな」

そんな言葉に嬉しくなった私は、過去の二人のことについて色々と質問した。

結果、アーノルドさんの様子が昔からおかしくて、彼についても深掘りしてしまい「レーネってアーノルドのこと好きだよね。顔もそうだし」と怒られてしまった。加減が難しい。

「それにしても私までとんでもなく稼いじゃって、ずっと落ち着かないんだけど……」

「俺が勝つって信じてくれて嬉しいよ」

そう、ユリウスがストレートで十勝したことで私が預けたお金は、なんと五十倍になっている。

誰もがぽっと出の青年が勝つなんて予想していなかったことで、オッズが跳ね上がったのだ。

ユリウスのお蔭なのだし分けようとしたところ「俺は大丈夫だから、何かあった時に使えるようにレーネが全部持っていて」と言われてしまった。

緊急事態が起きた時のためにも、きちんと貯金しておこうと思う。お金の余裕は心の余裕、ということも私は前世の経験からよく知っていた。

「それで、これからどこに行くの？」

「夜カフェだよ、この国で流行ってるんだって」

夜景を見ながらおしゃれな場所でお茶をするのが、トゥーマ王国での大ブームらしい。カフェは昼間に行くイメージだったため、夜に行くというのは新鮮だ。

やがて着いたのは、美しい庭園に囲まれた真っ白な塔のような建物だった。

「すごい、どこまでもおしゃれだね！」

シャンデリアの柔らかな光に照らされた建物内には大きな絵画や花が飾られていて、絵本の中の世界みたいで素敵で、胸が弾む。

案内された部屋の奥には広いバルコニーがあって、真っ白なテーブルセットがある。

ユリウスと向かい合って腰を下ろすと、トゥーマ王国の王都が一望でき、感嘆の声が漏れた。

「わあ、綺麗……！」

「確かに新鮮だね。風も心地良いし」

「それにお菓子もお茶もかわいい！　食べるのがもったいないくらい」

夜がテーマなのか食べ物は星や月を象（かたど）っているものが多く、お茶には金箔のようなキラキラしたものが入っている。写真を撮って残しておきたくなり、カメラがないことが悔やまれた。

「し、しかも全部美味しい……」

お菓子はどれも上品な甘さで、いくらでも食べられてしまいそうだった。かわいらしいスタンドにはパンや小さなサラダなどもあって、夕食としてもちょうどいい。

その後は二人きりで楽しくお喋りをしながら、ゆっくり食事をした。毎日のようにずっと一緒にいるのに話題が尽きることはなくて、気が合うのかななんて思っては嬉しくなった。

「おいで、レーネ」

食後のお茶もいただいた後はユリウスに誘われ、席を立つ。

肩が触れ合う距離に並び立ち、バルコニーから見える街並みを見下ろした。

「……きれい」

ここへ来た時よりも夜は深まっていて、そんな陳腐（ちんぷ）な言葉しか出てこないくらい、月も星空も夜景も全てが美しかった。

無数の光が街を彩る地上も星空のように煌（きら）めいていて、空とひとつなぎに見える。

静かに佇（たたず）む月の優しい光が、隣に立つユリウスを照らす。他の何よりもその横顔が綺麗で、思わず見惚れてしまっていた。

「……俺に見惚れちゃった？」

バレていたらしく、こちらを向いたユリウスが口角を上げる。

事実だったものの、恥ずかしくなって慌てて顔を逸らし、再び夜景へ視線を戻す。

「ほ、本当に綺麗でびっくりしちゃった。ここ、絶対に特別な場所だよね？」

周りを見渡す限り、建物の造り的にも様々な角度的にも、この個室のバルコニーからが一番よく景色が見える気がする。

ユリウスは何てことないように「そうだね」と頷いた。

「一日一組限定で週の半分しか営業してないから、一年待ちなんだって」

「えっ」

隣国へ来る日程が決まったのはつい最近だったため、より驚いてしまう。

話を聞いたところ、知人のツテで相当な無理をして予約を取ってくれたらしい。

「あ、ありがとう……！　こんなに綺麗な夜景を見たの、生まれて初めてな気がする。景色ももちろんだけど、お店の雰囲気も素敵でムードがあるよね？」

素直な気持ちを口に出していると、ユリウスはこちらを向いて私の頬に触れた。

耳元まで滑らせた手のひらに包まれ、親指で優しく撫でられる。

「ムード、作ったんだよ」

そして綺麗に口角を上げたユリウスに、心臓が大きく跳ねた。

私はどうしようもなく鈍い自覚はあるけれど、その言葉が何を意味するかは分かった。

ユリウスの眼差しはひどく優しいもので、私の様子を窺ってくれているのが伝わってくる。

「…………」

上手く伝えられないけれど大丈夫だという気持ちを込めて、こくりと頷く。

それでもやはり心底緊張してしまって、とくとくと鼓動が速くなっていき、ぎゅっとバルコニーの手すりを握りしめる。

まっすぐにユリウスを見つめながら、心の中で落ち着くよう必死に自分に言い聞かせた。

ユリウスは頬に触れていた指を滑らせると、親指で私の下唇をそっと開かせるように押す。

「じゃあ、舌出して」

「えっ……えっ」

予想していなかったとんでもない指示に、間の抜けた大きな声が出てしまう。

ユリウスは私の頬をふにっとつまみ、楽しげに笑った。

「あはは、冗談だよ。あまりにもレーネが今から食べられちゃいますって顔をしてるから、からかいたくなっちゃって」

「ちょ、ちょっと！　本当にびっくりしたんですけど！」

「ごめんごめん、でも一割くらいは本気だったよ」

「それはそれで怖いのでやめてください」

あまりにも真剣な顔で言われ、一瞬本気にしてしまったのが悔しい。

己の余裕のなさが恨めしくなったけれど、いつも通りのやりとりのお蔭で緊張が解れ、肩の力が抜けていくのが分かった。

むしろ私の緊張を取り払うため、あんな冗談を言ったのかもしれない。

ユリウスもそんな私の様子に気が付いたのだろう。

再び伸びてきた大きな手が、髪の中に差し入れられる。

そのまま後頭部に回され、ユリウスの方に引き寄せられた。

「……いい？」

鼻先が触れ合いそうな距離で、そう尋ねられる。

溶け出しそうなくらい熱を帯びた瞳から、目が逸らせなくなった。

もう本当に少し顔をずらしてしまえば唇が当たってしまうくらい近くて、息を呑む。それでも僅かに首を縦に振って頷くと、ユリウスは満足げに口角を上げた。

「ありがとう。……好きだよ」

ひどく優しい愛情を含んだ声に、目の奥が熱くなる。

やがてふわりと唇が重なり、慣れない柔らかな感触と温もりを感じた。

「……っ」

多分、触れ合っていたのはほんの二、三秒だったと思う。

それでも私にとっては、天地がひっくり返るくらいの出来事だった。一気にユリウスとの距離が近付いたような、関係が進展したような気がして、全身が熱くなっていく。

「ドキドキするね」

「……う」

初めてのキスに一気に色々な感情が込み上げてきて、ユリウスの顔が見られなくなる。思わず身体を後ろに引くと、逃がさないと言わんばかりに腰に腕を回された。

「どうして逃げるのかな」

「叫び出しそうなほど恥ずかしいからです」

「かわいいね、レーネちゃんは」

「あのすみませんが、そういうの今ほんと響くのでちょっと待っていただきたく……」

この短時間で、ここ半年分くらいの体力と精神力を消耗した気がする。けれどその一方で、心の中ではユリウスと一歩前に進めたことが嬉しくもあった。

「……な、なんかすごく恋人になった感じがする」

「そう？　ああでも、少し分かるかもしれないな」

なんだかんだくっ付いたりすることが増えたものの、付き合う前——仲の良い兄妹としての頃と大きな違いがあったわけではない。

けれど、キスは恋人とするものだ。これまでとの明確な違いを感じながら、自分の中でユリウスへの「好き」がさらに大きくなっていくのを感じる。

ぼふりとユリウスの胸の中に飛び込めば、ユリウスが頭上で嬉しそうに笑ったのが分かった。

「……困ったな」

「何が？」

「レーネのこと、さらに好きになった気がする」

そんな言葉に思わず顔を上げると、アイスブルーの瞳と視線が絡んだ。

「今ね、私も同じこと考えてた」

「本当に？」

「うん！　すごいね」

「それは良いことを聞いたな」

すると私の背中に回されていた腕が離され、両手で頬を包まれる。

そして再び端正な顔が近づいてきて、目を瞬く。

「もう一回しよっか」

「待った」

もうＨＰの限界だと抵抗するも、力の差でびくともしない。こんな時ですらユリウスは男の人なんだななんて実感をして、ときめいてしまう。

「もっとすればもっと好きになってくれるかなって」

「すごい理論」

とはいえ否定できないどころか本当にそうなってしまいそうで、恐ろしい。

「それにレーネにはこれくらい早く慣れてもらわないと」

「無理無理、そんな日は一生来ません」

「むしろこんな軽いので我慢してるだけ、褒めてほしいな」

「か、軽い……」

重いものを想像するだけで正直もう限界レベルで心臓に負担がかかっているけれど、ユリウスに喜んでほしい、私自身もっと近付きたいという気持ちはある。

小さく息を吐き、私はユリウスを見上げた。

「あ、あと一回だけなら……」

ユリウスは長い睫毛に縁取られた目を瞬いた後、ふっと顔をほころばせる。

「レーネは俺のことを甘いって言うけど、レーネも相当俺に甘いよね」

そして次の瞬間にはもう、唇が重なっていた。

思わず身体を強張らせてしまった私に、またユリウスは小さく笑う。

「ん、う……」

唇が離れて力が抜けたと同時に、再び角度を変えてキスをされる。それからは頭が真っ白になってしまって、私はひたすらにされるがままだった。

「かわいい」

「大好きだよ」

合間にそんな甘い言葉が降ってきて、くらくらと目眩がしてくる。胸が締めつけられ、呼吸の仕方だって分かるはずもなく、苦しくなっていく。

ユリウスだってきっと初めてなのに、どうしてこんなにも余裕があるのだろう。死にそうなくらいドキドキしながらも心地良くて、逃げ出したくなるのに嬉しくて、無性に泣きたくなる。

ようやく解放された頃には、一回だなんて嘘だったと文句を言うこともできなくなっていた。

「……そんな顔をされると、やめてあげられなくなりそうなんだけど」

ユリウスの言う「そんな顔」というのがどんな顔なのかも、分からない。

それでも既に致死量なのは確実で「もう死にそう」とだけ伝えると、ユリウスは楽しげに「ごめんね、調子に乗った」と私を抱きしめた。

私ばかりが動揺していると思ったけれど、服越しに聞こえてきたユリウスの心音はこれまでで一番速くて、余計に落ち着かなくなる。

「あーあ、もう明日結婚しない？」

「落ち着いてください」

とんでもない提案に笑ってしまいながらも、その言葉や態度、全てからこれ以上ないくらいの愛情が伝わってくる。

冗談だとしても今の言葉が心から嬉しかったことも、本当は最後に唇が離れた時に少し寂しさを覚えたことも黙っておこうと思う。

「ずっと一緒にいてね、レーネちゃん」

「……うん、約束する」

そう返事をすれば、ユリウスは「やった」と子どもみたいに嬉しそうに笑う。

たくさんの感情で胸がいっぱいになってしまって上手く言葉にできないけれど、ユリウスのことを大切にしたい、幸せにしたいと強く思った。

夏休みはまだ終わらない

本当に色々とあったものの、みんなで仲良く無事に隣国から帰国することができた。
もう夏休みもあと一週間と少しになってしまったため、残りも全力で楽しまなければ。本来なら
もっと色々と遊びに行くつもりだったのに、地下生活で予定が狂ってしまったのが悔しい。
そんな今日は午前中、ユリウスと屋敷の庭で魔力コントロールの練習をした。
『こ、これ、もうちょっとした兵器では……？』
まだまだ制御できていない状態で久しぶりに私の弓であるＴＫＧに触れたところ、魔力によって
作られる矢の部分が元々の百倍くらいの大きさになった。
あのまま放っていたら、隣の屋敷を半壊させていた自信がある。
『二年後半は剣と魔法を組み合わせたり、属性魔法を組み合わせたりする授業が始まるからね。そ
れまでに完璧にコントロールできるようになっておかないと、何もできずに終わるよ』
『本当にやばいので頑張ります』
『それにしても、かなり魔力が増えたね。上手く扱えるようになれば次のランク試験でも有利にな
ると思うし、一緒に頑張ろうか』
『うん、ありがとう！　よろしくお願いします』

ここで「一緒に頑張ろう」と言ってくれるユリウスが好きだと改めて思う。まだまだ練習は必要だし先は長そうだけれど、不安は一切なくなっていた。

ユリウスの的確な指導のもと、必死に特訓をした後はお風呂にゆっくり浸かって汗を流し、午後からは二人でのんびりと過ごしている。

天気が良いためガゼボでお茶をしているけれど、いつもお互いの部屋だったため、ユリウスとここで過ごすのはなんだか新鮮だった。

「それにしても私、心配されなさすぎじゃない？」

「あいつらはおかしいから、気にしないほうがいいよ」

一応は娘である私が誘拐されていたというのに、伯爵夫妻は「大変だったな」の一言のみ。元々期待してなんかいなかったとはいえ、流石に人としてどうかと思う。

そして帰って来てから知ったことだけれど、私達の想像以上に大騒ぎになっていたらしい。やはり王子が攫われたことで、しっかり国家間の問題になっていた。

旅行中の私たちを気遣って周りもあまり伝えないようにしてくれていたそうで、あれから王子の護衛はとんでもない数になっていたそうだ。さっぱり気付かなかった。

『そのまま一生、地下で暮らしていればよかったのに』

ちなみにジェニーは偶然廊下ですれ違った際、そんな恐ろしいことを言ってきた。

いつものように「ちょっと！」と突っ込めないくらいの暗い重い本気のトーンで、暴言を吐かれた側だというのに彼女の精神状態が心配になってしまったくらいだ。

「最近のジェニー、なんか変じゃない？　なんというか、病んでる感じがする」

「確かに大人しいね」

ユリウスは興味なさげだったけれど、実は私はずっと引っかかっている。

——元々、ジェニーは一番の敵だと思っていた。

そもそもレーネが階段から落ちたのもジェニーに突き落とされたからだろうし、初めてのランク試験で私を閉じ込めさせたのも彼女のはず。

ジェニーの性格がひん曲がっているのは間違いないし、これまでの行いだって到底許されることではない。元の世界なら逮捕されてしまうほどの犯罪だろう。

けれどルカに対する伯爵の行いや、伯爵夫妻の過去の話を聞いてからというもの、そんな彼らの元で育って、真っ直ぐに育つ方が難しいのではないかとも思っていた。

『お父様はとっくにおかしいのよ。……お母様もね』

二人で話をした際、冷たい眼差しで吐き捨てるようにそう言ったジェニーを思い出す。

もしかするとジェニーも、ある意味被害者なのかもしれない。

そんな考えを話すと、椅子に頬杖をついていたユリウスはじっと私を見た。

「レーネは優しいね。自分が一番の被害者なのに」

「私は昔の記憶もないし、メンタルだけは強いから」

「でも、レーネの言っていることもあながち間違いじゃない気がするな。ジェニーが俺を好きだって言っているのも、どうせこの家の女主人になるためだし」

私は恋愛に関して疎い自覚はあるため分からない部分は多いものの、ユリウスがそう言うのなら本当にそうなのだろう。

人一倍——人百倍多くの相手から好意を寄せられている分、その感覚は当たっていそうだ。

そもそもジェニーくらいの美少女なら、この家にこだわる必要があるとは思えない。

ウェインライト伯爵家は由緒ある家門らしいし、魔法に関しても優秀なジェニーならもっと条件の良い相手は選び放題のはず。

「やっぱり、この家に何かある……？」

気になることも分からないことも多いけれど、ジェニーに心底嫌われている私が心配をして声をかけたところで、何か話してくれるはずもない。

とりあえず警戒しつつ、遠目で見守っておこうと思う。

「あっ明日、ルカとお父さんに会いに行ってお泊まりだから、朝早く家出るね」

そう、もう残り日数が少ないためルカとの予定もすぐに入れてあった。

明日は朝から合流して父に会い、その後はルカと二人で過ごすことになっている。

「昼には帰ってくるように」

「はい、パパ」

「こんな娘がいたら一歩も家から出さないけどね」

「こわ……」

実の父に会うのがメインイベントのため、ユリウスに止められることもなかった。お土産を買って昼にはちゃんと帰ってこようと思う。

「ユリウスはどこにも行かないの？」

「そうだね。こう見えて結構忙しいから」

帰ってきたばかりの昨晩も、ユリウスは夜遅くまで部屋で何かをしているようだった。

そんなにも忙しい中、一緒に旅行に行ってくれたり休まず私達の捜索をしてくれたりしていたのだと思うと、感謝してもしきれない。

「レーネも遅くまで起きてたよね？　何をしてたの？」

「あっ、その……友達に手紙を書いたり、本を読んだりしていまして……」

「ふうん？」

ユリウスもまた、私が起きていたことに気付いていたらしい。

――旅行の疲れはまだあったし、楽しかった余韻に浸っていたかったけれど、私にはすべきことが数えきれないほどあるのだ。

メレディスの呪いを解くと約束し、その期間が限られている以上、時間を無駄にはできない。

そのため、自称マイラブリンの歩く攻略サイトであるアンナさんへの相談の手紙を書いたり、ローザに頼んで借りてきてもらった呪いに関する本を読んだりしていた。

もちろん本にメレディスの呪いを解く方法が載っているなんて思ってはいないけれど、最低限の知識は詰め込んでおく必要があるだろう。

ひとつひとつ、できることをしていきたいと思っている。

「とにかくユリウスも無理はしないでね」

「レーネちゃんの夫になるんだから、金と地位くらいはないと」

「そうなの？　私はどっちもなくていいけど」

テーブルの上にあった飴玉を手に取って口に放り込みながら、何気なくそう答える。

よいしょと椅子に座り直したところ、ユリウスがじっとこちらを見ていることに気が付いた。

「どうかした？」

「……本当にレーネは俺に何もなくなっても好きでいてくれる？」

「うん。私だって働くし大丈夫だよ」

前世ではブラックな会社が辛かっただけで、元々働くことが嫌いなわけではない。

私もそれなりに労働経験があるし、今はへっぽこながら魔法も使えるし色々な言葉も分かるし、何かあってもどうにかなる気がしている。

「すごいね、レーネちゃんは」

「えっ？　何が？」

向かいの椅子に座っていたユリウスは私の元へやってきて、後ろから抱きしめられた。

甘えるみたいに頬と頬を合わせ、甘い香りが鼻をくすぐる。

「なんでもないよ。もっと頑張ろうと思っただけ」

「私の話、聞いてた？」

「絶対に幸せにするからね」

「あ、ありがとう……?」

よく分からないけれど、やけにユリウスは上機嫌だった。

そのまま頬に柔らかな唇が押し当てられ、小さく悲鳴が漏れる。この感触から先日のキスを思い出してしまい、ぶわっと照れが込み上げてきた。

「キスしていい?」

「いやいやいや待って、もうほぼしてるしまずここは外だから! タイム、プレイス、オケージョンというものをもっと気にしてください」

「俺は気にしないけどレーネの嫌がることはしたくないし、早く部屋に戻ろうか」

「私、今日はここで野宿することにします」

「あはは、襲ったりはしないから大丈夫だよ」

ドキドキで心臓には悪いものの、ユリウスと過ごす穏やかな日常が幸せだと改めて思った。

◇◇◇

翌朝、早起きをして気合を入れて身支度をした私の元へ、ルカが迎えに来てくれた。

やけに豪華な馬車で驚きながら、エスコートをされて乗り込む。

父に会うのは初めてだし、伯爵夫妻はさておき「親」という存在と久しく関わりがないため、内心かなり緊張してしまっている。

「おはよう、姉さん。実は予定が変わっちゃったんだ」

「そうなの？　私はルカに全部合わせるから何でも大丈夫だよ」

そんなルカの服装も、やけにキラッキラしている。高級そうな貴族服にピアスやネックレスの宝石が輝いていて、美しいお顔と相俟（あいま）ってそれはもう眩しい。

「実は俺が旅行に行ってる間に父さんが再婚しててさ」

「わあ、そうだったんだ！　おめで――ええっ」

あまりにもルカがさらっと言うものだから、うっかり自然に受け入れかけてしまった。

「ど、どういうこと……？　旅行の間に？」

「俺が誘拐されてるって情報が父さんまでいってなかったのもあるんだけど、なんでも相手が父さんを他の女に取られたくないからって焦ったみたいで」

「お父さん、罪な男すぎない？」

「本当にね。俺もそのまま養子にされてたし」

なんというスピード再婚。けれど美少女のレーネとルカの父なわけで、美形ＤＮＡなのは間違いないし、恋愛の力というのはすごい。

既に父は再婚相手の屋敷に引っ越し済みらしく、今から行くのもその男爵邸なんだとか。全ての展開が早すぎて驚きが止まらないけれど、ルカは全く気にしていないようだった。

「お父さんだけでなく再婚相手の方にも会うって考えたら、緊張してきちゃった」

「大丈夫だよ、花畑みたいな人だから。それより明日までいっぱい遊ぼうね」

「うん！　お泊まり会も楽しみ」

花畑の意味は分からないまま、馬車はやがて男爵邸へと到着した。

お金持ちの未亡人と聞いていたけれど、想像していたよりも豪華なお屋敷に息を呑む。

ウェインライト伯爵邸もかなり豪華ではあるものの、それよりも一回りは大きい気がする。こういうのを逆玉というのだろうか。

「ルカちゃん！　来てくれたのね、嬉しいわ！」

「あ、どうも」

そんな中、玄関から飛び出してきたのは黒髪ストレートがよく似合うかなりの美女だった。

背後にはぶわっと咲き乱れる花々が見えそうなほど、嬉しそうにルカに両手を伸ばしている。

一方、ルカは真顔で平然としていた。

「そんな他人行儀な態度はやめて、お母様って呼んでちょうだい」

「えっ」

てっきり例の妹さんかと思いきや、まさかの再婚相手のお母様らしく驚きを隠せない。

隣にいる私に気付いた美女は、長い睫毛に縁取られた大きな目をさらに見開いた。

「きゃあ、あなたがレーネちゃんね！　ルカちゃんに聞いていた通りとってもかわいい！」

私の右手をきゅっと両手で包むと、美女は嬉しそうに微笑む。その様子からは心から歓迎してくれているのが伝わってきて、先程まで感じていた緊張が和らいでいくのが分かった。

「私はモイラよ。レーネちゃんとルカちゃんのお父様と再婚させていただいたの。急で驚かせてしまって本当にごめんなさいね」

本気で私を気遣うモイラさんは想像していたより、明るくてかわいらしい。それでいて少しテンションが高いものの、きちんとした人だという印象を抱く。

それにしてもこれほどのお金持ち美女を射止めた父はどんな人なのだろうと気になっていると、玄関からさらなる美形が現れた。

「モイラ様、待ってください。ああ、久しぶりですね」

「………？」

「姉さん、あれが俺たちの父さんだよ」

「えぇっ」

親しげに名前を呼ばれたけれど誰なのか分からず困惑していると、ルカが耳打ちしてくれる。

美形なのはもちろんのこと、見た目が若すぎて見知らぬお兄さんだと思ってしまった。人魚の肉でも食べたのではと突っ込みたくなるくらい、十六歳の娘がいるようには見えない。

「記憶喪失だとルカから聞いています。僕のことも覚えていないのは当然でしたね、すみません。僕があなたの実の父です」

「あっ、すみません。レーネと申します」

「ははっ、それは知っていますよ。僕がつけた名前ですから」

動揺してしまった私を見て、父は柔らかく目を細める。

その様子からは娘への愛情が見て取れて、胸がぎゅっと締め付けられた。

初めて見る父は想像していた百倍は美形で、私と同じ栗色の髪をしていて、大きめの垂れ目はルカにそっくりだった。本当にレーネとルカの父なのだと実感する。

「立ち話もなんだから、中へどうぞ。二人が来てくれるって聞いて、飾り付けもしたの！」

「モイラ様はご自分でされると言うものだから、メイドの皆さんも困っていたんですよ」

「もう、それは内緒にしてって言ったのに！」

モイラさんは血の繋がらない前妻との子の私たちを、心から歓迎してくれているようだった。

父と会話する姿も恋する乙女という感じで、ほっこりするくらいかわいい。

白を基調とした屋敷の中も豪華で華やかで、女性なら一度は住んでみたいと憧れるに違いない。

「こ、これは……！　すごいです」

やがて応接間に案内されると、色とりどりのお花であちこち飾り付けられ、テーブルの上には様々なお菓子や料理が並んでいる。

中心には「ルカちゃん&レーネちゃん♡ようこそ」と書かれた垂れ幕があった。モイラさんが手書きで一生懸命描いてくれたらしく、あまりにもかわいくて愛おしくて抱きしめたくなる。

「本当はもっともっとお話ししたいんだけど、邪魔をしてはいけないから私はこれで」

これほどの大歓迎をしてくれながらも、気を遣ってくれたらしくすぐに出て行こうとする彼女に私は慌てて声をかけた。

「あの、色々とありがとうございます！　とても嬉しいです」

「それなら嬉しいわ。今度は私ともお話ししてね」

モイラさんはふわりと微笑み、かわいらしく手を振ると応接間を後にした。

私の手を引いてソファに腰掛けたルカは、ふっと口元を緩める。

「騒がしいけど、悪い人じゃないんだよね」

「うん、すごく素敵な人だね」

ルカが誰かのことをそんな風に言うのは珍しい気がするし、それほど良い人なのだろう。機会があれば、私ももっとモイラさんと話をしてみたい。

私の隣からぴったり離れないルカと手を繋いだまま、テーブルを挟んで父と向かい合う。

「僕たちが会うのは十年ぶりですね。美しい素敵な女性になっていて驚きました」

ずっと穏やかな笑みを浮かべていて、纏う雰囲気も柔らかくて温かい。言葉遣いも丁寧で、一緒にいてほっとするような人だという感想を抱いた。

「……それなのに、何も覚えていなくてごめんなさい」

本来、父が会いたかったのは元のレーネなのだ。元のレーネだってきっと、実の父には会いたかったはず。そう思うと罪悪感が込み上げてきて、心が痛んだ。

「いえ、ルカからも色々と話を聞きました。僕が不甲斐ないばかりに、君達にまで辛い思いをさせてしまって本当に申し訳なく思っています」

そうして深く頭を下げた父に、慌てて顔を上げるよう言う。

あの件で悪いのはウェインライト伯爵だけであって、父もルカもレーネも被害者だった。

「記憶喪失なんて、とても不安で大変でしょう」

「いえ！　周りに恵まれているので全く困っていないくらいです」

両手をぶんぶんと左右に振って否定したものの、無理に元気を装っていると思われたのか、父はさらに悲痛な顔をする。

確かに元のレーネのことを考えると、尚更そう思うのかもしれない。

「普通は嘘だと思うじゃん？　姉さんの場合は本当だから大丈夫だよ。昔とは別人レベルで明るくて元気で精神も強すぎるからさ」

「そうなんですね、それなら良かったです。確かに雰囲気も変わりましたね」

ルカの言葉に安心したように眉尻を下げて笑うと、父は膝の上で両手を組んだ。

「ずっとレーネのことを心配していたんです。アイヴィーが入院している間は手紙のやりとりをしていましたが、僕から伯爵家に手紙を送ることは禁じられていたので」

アイヴィーというのは、レーネとルカの母のことだろう。以前見た手紙にも、その名前が記されていた記憶がある。そしてやはり、表向きにも元家族との交流は禁じられていたようだった。

「本来はこうして会うことも、許されないのでしょう」

「いいえ、あんな人の言うことなんて気にしなくていいと思います！　私はこれからもお父さんとルカと会いたいし、仲良くしたいです」

「……ありがとうございます。ただあなたが咎められるのだけは避けたいので、無理はしないでくださいね。あなたに会えてルカと仲良くしている姿を見られて、僕は心から嬉しいです」

「あ、姉さんとは一生仲良しだから安心していいよ」

「ルカがこんなに懐くなんて、正直驚いています」

その目は少し潤んでおり、心から喜んでいるのが分かる。

これからもこうして二人と一緒に過ごしたいと、私自身も強く思っていた。

「てかあのクズ、俺らが平民なのを気にしてるんでしょ？　それならもう平気だって」

「本当にモイラ様には感謝してもしきれませんね」

モイラさんの一目惚れと猛アタックで再婚に至ったらしい父も、明るくて愛らしい彼女をとても大切に想っているそうで、またほっこり幸せな気持ちになった。

それからは美味しいお茶やお菓子をいただきながら、幼い頃のレーネとルカの話を聞いた。

「レーネはとても心の優しい子でしたよ。いつも周りの誰かのことを思って行動していました」

「そうだったんですね」

「はい。とてもかわいい、大切な自慢の娘です」

——今まで元のレーネについては内気で暗かったとか、どうしようもなく成績が悪かったとか、マイナスな話ばかりを聞いていた。

けれど父から聞くレーネは気が弱いものの、優しくて気立ての良い穏やかな女の子だった。

レーネは両親から愛されて育ったのだと知ることができて、胸が温かくなる。

最近の私は元のレーネを「もう一人の自分」のように思っていて、彼女のことを知るたびにより親近感を抱くのを感じていた。

時折、彼女のことを思い出しては「私」として少しでも幸せに暮らしていることを祈っている。

「……会ってみたいな」

思わずそんな本音をこぼし、ルカに「変な姉さん」と笑われてしまった。過去の自分に会いたいという変な女になってしまったけれど、怪しまれはしなかったようで安堵した。

「アイヴィーもきっと今の二人を見たら喜びますよ」

母にも会ってみたいなし思ったけれど、もう叶うことはない。

「そういや母さんって、何の病気だったの？」

「いえ、アイヴィーは病気ではなく——っ」

そこまで言いかけたところで、父は慌てて口を噤む。

言ってはいけないことを口にしてしまった、という様子に困惑してしまう。

「すみません、間違えてしまいました。流行り病のようなものですよ」

「……ふうん？」

ルカも明らかに納得していない様子だったけれど、そんな返事をするだけだった。

——父は間違いなく、はっきりと「病気ではなく」と言っていた。

病気ではないのならなぜ母が亡くなったのか、入院していたのか、謎は深まるばかり。それでも父の様子から、それ以上尋ねることなどできそうになかった。

「そうだ、知人の画家に頼んで描いてもらった昔の二人の絵があるんです」

「えっ、見たいです！」

その後も幼少期ルカの姿絵を見てあまりの天使っぷりに悶えたりと、穏やかな時間を過ごした。

やはり楽しい時間というのはあっという間で、ルカは鞄から大きな宝石がついた懐中時計を取り出すと「あ」という声を漏らした。

「そろそろあいつが帰ってくるよね？　その前に帰るよ」

「あいつって？」

「モイラさんの娘、俺の妹になったやつ」

せっかくだから会いたいと思っていたのだけれど、ルカは眉を寄せ、嫌悪感をあらわにした。

父も困ったように微笑んでいて、首を傾げる。

「どうして会わないの？」

「案の定、俺のことを好きとか言ってくるんだよね。だから会いたくない」

「そ、そうなんだ……」

実は妹という存在にも憧れていた私は、間接的にそんな存在になる彼女のことも少し気になっていたものの、会わない方がいいと言われてしまった。

そうして玄関ホールへ向かう途中、不意に父に手招きをされ、なんだろうと近づいてみる。

すると父はルカに聞こえないように私の耳元に口を寄せた。

「次はぜひルカがいない時に会いたいです」

「……ルカがいない時、ですか？」

「はい。レーネのことも、あなたのことも知りたいので」

「………？」

一体どういう意味だろうと首を傾げる私に、父は続ける。

「だってあなたは『レーネ』じゃないでしょう?」

「——え」

予想外の言葉に息を呑み、心臓が早鐘を打っていく。

ルカの手前、話を合わせてくれていたものの、父は私がレーネではないと気付いていたのだ。

そして、今さらになって気付く。

父は私に対しては一度も「レーネ」と呼びかけていなかったことに。

「どうして……」

「それくらい分かりますよ、父親ですから。アイヴィーだって絶対に気付きます」

困ったように眉尻を下げて笑う父は、切なげな表情をしていた。

大事な自分の娘の中に他人が入っていると気付きながらも、私を責めたり問い詰めたりせず、まずは話を聞きたいと言ってくれることに胸を打たれた。

「何か事情があるのでしょうし、あなたがレーネやその周りの人々を、大切に想ってくれているのも伝わっていますから。ルカがあんなにも懐いているのが何よりの証拠です」

「……っ」

「それに一番大変な思いをしたのは、きっとあなたでしょう。……娘が置かれていた環境は、良くないものだったはずですから」

離婚後に母が選んだ道で父は無関係とはいえ、レーネが置かれていた環境を想像しながら、何もできずにいたことを悔やんでいたのだろう。

言いたいことも聞きたいこともたくさんあるし、私の意思でレーネと入れ替わったわけではない
けれど、罪悪感だってある。

それでも全部ぐっと飲み込んで、笑顔を向けた。

「はい、絶対にまた会いにきます」

「ありがとう。ルカのこと、よろしくお願いしますね」

そう言って微笑んだ父には全てを話してもいい——話すべきなのかもしれない。

けれど一度入れ替わったレーネが「こんなところには居たくない」「私はもう私でいたくない」

と話し、別世界の生活を望んでいたことを知れば、心を痛めるはず。

しかしながら、これだけは伝えておきたかった。

「レーネは別の場所で、幸せに暮らしていると思います」

「……そうですか。それなら良かった」

父は安心したように目を伏せ「ありがとうございます」と呟いた。

そうして話をしているうちにいつの間にか玄関ホールに到着しており、私達の少し先を歩いてい
たルカが足を止め、振り返る。

「二人して俺に内緒話？　むかつくんだけど」

「ふふ、何でもないよ」

拗ねた顔をする愛らしいルカを抱きしめながら、私は色々なものを背負って今ここにいるのだと

いうことを、改めて実感していた。

ルカと共に馬車に揺られながら、小さくなっていく男爵邸を窓から眺める。

ぴったり私の隣に座る優しいルカは「大丈夫だった？」と心配げな視線を私へ向けた。記憶がないまま父と会うことを、心配してくれていたのだろう。

「うん。今日、お父さんに会えて良かった！　モイラさんも優しくて素敵な人だったし」

「じゃあ冬休みも一緒に行こうね。俺も顔を出さなきゃいけないんだけど、姉さんと一緒がいい」

「もちろん！　みんなが良いならぜひ」

また二人に会いたいというのは、心からの気持ちだった。

『またいつでも遊びに来てね！　次はご馳走を用意しておくから』

『はい、待っていますね』

父とモイラさんは門の外まで見送ってくれて、お土産という名の素敵なプレゼントまでたくさん持たせてくれた。本当に良くしていただき、感謝してもしきれない。

『何かあればいつでも頼ってください』

『ええ、私のこともお母さんでも親戚のおばさんでも、好きなように思ってくれて良いし、困った時は必ず力になるから！　実家だと思ってちょうだい』

『はい、ありがとうございます』

私は一応中身は大人ではあるものの、この世界ではまだ十六歳になったばかりの子どもだ。

だからこそ、頼れる大人がいるというのは心の支えになった。

何よりずっと一人で抱えていた秘密を誰かと共有できたことで、心が軽くなった気がする。

「じゃあ、ここからは二人っきりでいっぱい遊ぼうね」

「うん！　そうしよう」

それからはルカとのお泊まり会を満喫し、改めて家族っていいなと思えた一日だった。

最後にもう一度

夏休み最終日も、私は朝から庭でユリウスと共に魔法の練習をしていた。

「うん、かなり良い感じになってきたね。レーネ的にはどう？」

「身体に馴染んだ感覚みたいなものはあるかも。それに最大出力にさえしなければ、だいぶコントロールできるようになった気がする」

ユリウスの素晴らしい指導のお蔭で、魔力をかなり制御できるようになった。

『大丈夫、何かあっても俺が全部なんとかするから。思いっきりやっていいよ』

最初は何度も失敗して暴走しかけたけれど、ユリウスは言葉通りその度に自身の魔力で押さえつけてくれて、自然と加減を覚えられたからだろう。本当に感謝してもしきれない。

そしてその度に、胸が高鳴ってしまうのを感じていた。

「最近、メイドに本を用意させてるのも魔法の勉強？」

「あっ……そうですね、そうです」

練習を終えて屋敷へ戻る途中、不意にそう尋ねられて冷や汗をかいてしまう。

ユリウスが言っているのは、私が呪いに関する本をたくさんメイドたちに借りてきてもらっていることについてだろう。

ひたすら呪いについて学んでいるせいで、私が誰かを恨んでいるという噂がメイドたちの間で流れていると聞いた。呪い殺そうとしているわけではないのでやめてほしい。

ちなみにアンナさんからは【えっ、やば！　うけるね！　夏休み明けの交流試合で会えるはずだから、そこで作戦会議しよう♡】という軽い調子の手紙が届いた。こちらは全くうけない。

「……ふうん？」

ユリウスはあまり納得していない様子で、私が何の本を読んでいるのかまで耳に入っているのかもしれない。

けれど神の使者と言われているメレディスが本当は呪いを受けている、なんて事実を伝える訳にはいかない。ユリウスまで危険な目に遭ってしまうからだ。

「そ、それにしても今年の夏休みも、あっという間だったね」

慌てて話題を変えると、ユリウスも同意してくれる。

本当はまだまだやりたいことがあったのに、予定が大幅に狂ってしまったのが悔やまれた。

ただ吉田邸への訪問は別の機会になったため、万全の状態でお邪魔しようと思う。

「ユリウスとも、もっとお出掛けしたかったのに」

「そうだね。でもそれは夏休みじゃなくてもできるから大丈夫だよ」

いつでもどこでも私の行きたいところに行くと言ってくれて、笑みがこぼれる。

ちなみにユリウスは美術館に行くのが好きだと知り、今度一緒に行こうと約束した。前世と合わせても一度も行ったことがないため、勉強をしておかなければ。

その後は一緒に昼食をとり、汗を流すためにお風呂に入ってすっきりした私は、先ほど練習中に借りたものの使わなかったタオルを返そうと、ユリウスの部屋へと向かった。

「……レーネってさ、本当に俺のことを試してるよね」

「えっ？　何のこと？」

「こっちの話。おいで、髪乾かしてあげる」

そのまま腕を引かれ、ベッドの上に座らされる。暑くて髪を乾かさずにいた私の後ろに座ると、ユリウスは魔法で丁寧に乾かしてくれた。

「ありがとう、ごめんね」

「俺のためだから気にしないで」

「…………？」

どういう意味だろうと思いながら、程よく温かな風に身を任せる。手ぐしで髪を梳くユリウスの手つきは優しくて、とても心地良い。

毎日やってもらいたいと冗談交じりに言うと「勘弁して」と素のトーンで言われてしまい、甘えすぎも良くないと反省した。

「ふわあ……」

「かなり魔力を消費しただろうし休んだ方がいいよ。俺は仕事でもしてるから、ここで寝てて」

髪を乾かし終えた後、ぽかぽかして眠たくなった私の頭を、ユリウスは優しく撫でてくれる。

私は後ろに座ったままのユリウスを見上げながら、改めて夏休みのことを思い返していた。

――ユリウスは私にこんなにもたくさん良くしてくれているのに、私はただ照れてばかりで受け身でしかなかったように思う。

本当は、すごくすごく好きなのに。

今回の夏休みを通して、これまでよりもさらにユリウスのことが好きになった気がする。

「…………」

どうしたら、大好きなユリウスに恩返しができるだろう。

どうしたら喜んでもらえるだろう、もっと好きになってもらえるだろう。

そう考えた結果、私は意を決して勇気を出してみることにした――のだけれど。

「わ、わっ」

ユリウスに思いきり抱きついたところ、勢い余ってそのまま押し倒す体勢になってしまった。

突然のことに、ユリウスもアイスブルーの両目を見開いている。

「……レーネ？」

私自身も思わぬ展開になってしまったけれど、ここまで来たらもう後には引けない。抱きついていた腕を離してベッドに両手をついて、ユリウスを見下ろした。

「なに？　もしかして襲ってくれるのかな」

「そ、そうです！」

「は」

冗談めかして笑っていたユリウスも、私の答えに戸惑った様子を見せる。

――自分からキスをしようと決意したけれど、ハードルが高すぎて心臓が破裂しそうだった。

それでもきっと喜んでくれると信じてきつく目を閉じ、ユリウスの唇に自身の唇を押し当てた。

「……っ」

我ながら、ものすごく下手だったと思う。

本当にただ唇と唇がぶつかっただけで、キスと言えるものだったかすら怪しい。

色々な意味でどうしようもなく恥ずかしくなり、ユリウスの顔は見ないまま、再びその身体に抱きついて隠れるように顔を胸元に埋めた。

「…………」

「…………」

それからしばらく何の反応もなく、無言のままユリウスはほとんど動かない。

不安になって少し顔を上げ、恐る恐るユリウスを見上げてみる。

「――え」

するとユリウスは片手で目元を覆っていて、その顔ははっきりと分かるくらいに赤かった。

照れているのだと気付き、驚きを隠せなくなる。

「見ないでくれないかな」

「な、なんで……」

ユリウスからキスをしてくれた時は、あんなにも余裕な態度だったのに。

ムードも何もない、衝突事故レベルのキスにこんな反応をされるとは思っていなかった。

「……嬉しかったんだよ。すごく」

私の頭に手を乗せて、ユリウスはそう呟く。

その様子は年相応の十八歳の男の子という感じでかわいらしくて、頬が緩むのを感じた。

「レーネからしてくれるとか予想外だったし、俺ばかりしたいのかと思ってたから」

「ち、違うよ！　そんなことない！　ひたすら恥ずかしかっただけで……」

「本当に？」

「うん、本当の本当に私も――っ」

そこまで言いかけたところで視界がぶれて、いつの間にか今度は私がベッドの上に押し倒され、見下ろされる体勢になっている。

その表情には先程までの照れはなく、いつもの余裕に溢れたユリウスがそこにいた。

「あ、あの……？」

「良いことを聞いたなって。レーネちゃん、俺とキスしたいんだ？」

「えっと、その……そう、ですね……」

ここで恥ずかしがって否定して、誤解やすれ違いを生んでは困る。そう思った私は、恥ずかしさを堪えて頷く。

するとユリウスの唇が、三日月のように綺麗な弧を描いた。

「そっか。有言実行できたみたいで安心した」

こんなに大切にされて愛情を向けられて、そう思わないなんて不可能に違いない。

やがて優しく頬を撫でられ、びくりと身体が跳ねる。

そのまま顎までユリウスの手が滑っていき、くいと上を向かされた。

「……するよ？」

声も仕草も何もかもに色気があって、鼓動が痛いほど速くなる。

目の前のユリウスに見惚れてしまっていて反応できずにいると、さらに顔が近づく。

「まあ、もうやめてあげられないけど」

次の瞬間にはもう、私たちの距離はなくなっていた。きつく目を閉じ、つられて身体も強張る。

そうして少しの後、唇が離れてほっとしたのも束の間、角度を変えて再び重なる。

「ま、まって、もう……」

「ごめんね、無理」

何度も繰り返されるキスに、私は抵抗すらできずにいた。やっぱり呼吸の仕方だって分からず、
ようやく解放された時には、必死に酸素を吸い込んだ。

「な、ななな、なんてことを……！」

「レーネもしたいって言ってくれたの、嬉しかったから」

「……っ」

本当に嬉しそうな顔をするものだから、何も言えなくなってしまう。

大人の階段を一気に駆け上がってしまった気がして、全身が火照って仕方ない。私も最低限の知識はあるし、キスだってまだこれでも初心者向けだというのは分かっている。

改めて世の中のカップルに尊敬の念を抱いた。

これ以上進んだら、私は死んでしまう気がする。

「こっちも練習が必要だね」

「お、お手柔らかにお願いします……」

とはいえ、ユリウスの恋人としてできる限りのことはしていきたい。

未だにばくばくとうるさい心臓の辺りを押さえていると、ユリウスは私の隣に横になった。

顔にかかっていた髪をそっと指先で避けられ、愛おしげな眼差しを向けられる。

「本当、なんでこんなにかわいいんだろうね」

「……特殊なフィルターがかかってるんだと思います」

「あはは、何それ。でも他の男にもこんなにかわいく見えてたら困るし、好都合かもしれない」

「………………」

いつも本当によくすらすらとそんな甘い言葉を囁けるなと思うけれど、それすら自然で似合ってしまうのがユリウス・ウェインライトという人だった。

つい笑ってしまいながら、私はユリウスの手をきゅっと握る。

「ユリウスのお蔭で、色々あったけど今年の夏休みも楽しかった！　ありがとう」

「良かった、俺も楽しかったよ。もう二度とあんな思いはしたくないけど」

「それはものすごくごめんなさい」

ユリウスが言っているのは、間違いなく誘拐事件についてだろう。私たちのせいではなかったとしても、もっと気を付けることはできるはず。

今後はもうあんな心配をかけないようにしたい――気持ちはある、けれど。

クソゲーのヒロインの星の下に転生した以上、まだまだピンチはあるに違いない。五年の猶予をもらったものの、メレディスの件だってこれからなのだから。

「二学期は交流試合もあるし、学園祭と冬のランク試験もあるから忙しいね。特に二年の後半は一気に応用に入るから、授業も大変になるし」

「もう一年の春からずっと全力でマラソンしてる気がする」

息を吐く間もないほど忙しいけれど、言い方を変えるとこれ以上ないくらい充実していて、休み明けからの日々も楽しみで仕方ないのも事実で。

「頑張った後、冬休みは二人でゆっくり旅行しようか」

「えっ、あれ本気だったの？」

「もちろん。俺はいつだって本気だよ。嫌だった？」

「い、嫌ではないですけれども……」

「じゃあ決定ね。楽しみだな」

そうして冬休みは二人で旅行という、かなり先の予定ができてしまった。既に想像するだけで落ち着かなくなるものの、ユリウスとなら絶対に記憶に残るものになるという確信だってある。

――この先、大変なことも辛いこともたくさんあるだろうけど、きっとそれ以上に楽しいことも嬉しいことも待っているはず。

私はこれからもひとつひとつ、自分にできることをやっていくだけ。そしていつか全部が「良い思い出だった」と笑い飛ばせるように前に進んでいきたい。

そして私がそう思えるのは、大好きな周りの人々のお蔭だ。

「ユリウス、大好き」

そう言って思い切り抱きつくと、ユリウスが頭上で笑ったのが分かった。

「ありがとう。早く俺に追いついてね」

私の背中をぽんぽんと撫で「俺も好き」というユリウスに、そのうち追いつくどころか追い抜いてしまいそうだと思いながら、私は幸せな気持ちで目を閉じた。

書き下ろし番外編

大好きな似たもの同士

父に会いにモイラさんの屋敷へお邪魔した後、私はルカと共に馬車に揺られていた。

「姉さん、少し買い物に付き合ってくれる？」

「もちろん、任せて！」

私よりルカの方がセンスはありそうだと思いつつ、喜んでと快諾する。そうして街中へ向かい、馬車から降りてルカに手を引かれ、着いたのは高級感のある雑貨屋だった。

以前みんなとお揃いのペンを買ったのもこの店で、貴族の学生たちが文房具なんかを買ったりもするようなお店だ。見ているだけで楽しくて、用がないのに来たこともある。

「ちなみにルカって、何が欲しいの？」

「……先輩たちへのプレゼント」

「えっ？」

照れた様子でそう呟いたルカに、思わず聞き返してしまう。

ルカはくしゃりと鮮やかな春色の髪を掴み、続けた。

「ほら、姉さんを嵌めようとしちゃって、迷惑かけたし。それに夏休みの旅行でも一人だけ一年の俺にみんな良くしてくれたからさ。お詫びとお礼的な？」

「ル、ルカ……！」

まさかルカがそんなことを考えていたとは思わず、涙ぐんでしまう。

みんなもうあの時のことは気にしていないだろうし、私の弟だからという理由だけでなく、ルカが良い子でかわいいから仲良くしているに違いない。

それでもきっと、ルカがプレゼントをしたらみんなとても喜んでくれるはず。

「すっごくいいと思う、一緒に選ぼう！　みんなもめちゃくちゃ喜ぶと思う！」

胸を打たれた私はつい店の前の大通りでルカの手を掴んで大きな声を出し、通りすがりのおばさまたちに「元気ねえ」と笑われてしまった。

ルカは「すみません」と笑顔を向けており、今日もどっちが年上か分からない状態だ。

「ありがとう、姉さん。行こっか」

「ハイ……」

照れながら手を引かれて店の中に入ると、流石の人気店で賑わっている。

女性の割合が多く、店内を見て回っている間もちらちらと周りから視線を感じた。

「ルカが宇宙一かわいくてかっこいいから、こんなにも見られてるのかな」

「俺が言うのもなんだけど、姉さんも相当ブラコンだよね」

こそっとルカの耳元に口を寄せると、ははっとルカは楽しげに笑う。

昔はユリウスのことをシスコンだと散々言っていたというのに、今やブラコンを極める勢いである自覚はあった。これからもこの姿勢を崩さずにいきたい。

「さっきすれ違った時、お似合いのカップルって言ってるのが聞こえたよ」

「ええっ」

驚いてしまったものの、年子で年齢も近いし、この歳の姉弟で手を繋ぐのはレアだという自覚もあった。割と顔は似ているけれど、普通はそう思うのかもしれない。

「いいね、そういうのも。カップルごっこでもする？」

「こらこら」

ユリウスにバレたらものすごく怒られそうだと思いながら、色々な雑貨を見ていく。

みんなも高価なものでは気を遣うだろうし、それでいて使えるもの……と悩み、そうして見ていくうちに、すごく良いものを見つけてしまった。

「ねえルカ、これはどうかな？　みんなでお揃いにもできるし、普段も使えるから」

そう言って私が指差した先には、様々な色の宝石がついたペンチャームがある。

宝石といえども小さいものだから割と安価だし、これならみんな普段使っているペンにもつけられるはず。何よりシンプルで男女共に使えるお洒落なデザインだった。

「あ、かなりいいかも。これにする」

ルカも良いと思ってくれたようで、ぱあっと表情が明るくなる。

その後は誰に何色を贈るか、話し合いながら選んでいった。

なるべく被らないように瞳の色や髪色を元に決めていき、ルカの要望で私とルカはお揃いのシャンパンガーネットの淡いピンク色にした。

選び終えた後も店内を見て回り、お揃いの文房具を買って店を出た。

「姉さんのお蔭で無事に買えて良かった、ありがとう」

「ううん、楽しかったよ。今度はお洋服も一緒に買いに行こう！　ルカに似合う服とか、お揃いっぽい服とか買いたいな」

「いいね、いつでも行こう。俺も姉さんにかわいい服、たくさん着てもらいたいな」

これ以上かわいくなったら困るな、なんて言うルカに私は一体どう見えているのだろうか。

そんなこんなで再び馬車に乗り込んでしばらく揺られ、やがて着いたのは——お城だった。

「ここが今日泊まる予定のホテルだよ」

「何回か目を擦ってみたんだけど、お城にしか見えない」

「あはは、元々古城だったのを改装してホテルにしたみたいだよ」

リアルお城だった。古城と言っても綺麗で、ドキドキしながらルカの後をついていく。

そうして中に入るとそれはもう丁寧な対応をされ、部屋まで案内された。

「か、かわいい……！　夢の国みたい！」

ルカがとってくれたというホテルの一室に足を踏み入れると、かわいらしさと高級感が兼ね備えられており、家具や調度品も全て淡い色合いで揃えられていた。

まさに「映え」という言葉がぴったりで、この場にカメラがあったら私でも写真を撮ってＳＮＳにアップしていたに違いない。

あまりのかわいさについはしゃいでしまう私を見て、ルカはふっと口元を綻ばせた。

「喜んでくれて良かった。姉さんが好きそうだと思って選んだんだ」

「あ、ありがとう！　お部屋の中、見て回ってきてもいい？」

「もちろん。一緒に探検しよっか」

色々と見て回ったところ、アメニティなんかも全てかわいらしいもので揃えられていた。隣国のホテルほどは広くないものの、細部までのこだわりや気遣いが感じられる。

自室をこの部屋みたいにしたいと本気で思ったくらいだ。

「もう俺も養子として貴族になったから、こういう予約も楽に取れるのはよかったな」

やはり身分が変わったことで色々な変化があるようで、ほとんどがプラスに働いているという話を聞いてほっとした。

探検を終えて再び広間に戻ってくると、ルカは入り口のテーブルに置いてある鞄へ向かう。

「それとこれは、姉さんへのプレゼント」

「えっ?」

そうして何かをとってきたルカが私に差し出したのは、小さな可愛らしい箱だった。

「たくさん傷付けてごめんね。これからは姉さんを笑顔にできるように、いい子にする」

「ル、ルカ……」

まっすぐな瞳を向けられて胸を打たれ、視界が揺れる。

先程のみんなへのプレゼントを含め、ルカは本当にこれまでのことを深く反省しているのだというのが伝わってくる。

やり方は間違えてしまったけれど、ルカだってたくさん傷付いてきたはずなのに。

私はルカへ両手を伸ばすと、きつくきつく抱きしめた。

「ありがとう、ルカ。すっごく嬉しい」

「本当? それなら良かった」

「私も絶対に絶対に、ルカがずっと笑顔でいられるように大切にするから」

「……うん」

背中に回されたルカの手が、躊躇いがちにきゅっと私の服を掴む。そんな仕草は小さな子どもみたいに感じられて、胸が締め付けられた。

いつだって余裕のあるルカは大人びて見えることが多いけれど、たった十五歳なのだ。

まだまだ庇護されるべき年齢で、今の私もまだ子どもではあるけれど、できる限りルカを守っていきたいと心から思う。

「今開けてみてもいい？」

「もちろん。むしろ今、つけてみてほしいな」

やがてルカから離れた私は、ソファに並んで腰を下ろし、受け取った箱を開けてみる。つけてみるということは、アクセサリーか何かなのだろうか。

「わあ……！　すっごくかわいい！」

中に入っていたのは、リボン型のバレッタだった。

全体は制服のネクタイと似た落ち着いたベルベットカラーで、中心ではルビーが輝いている。

宝石の下では、二本のチェーンに付いている小さな宝石たちが揺れていた。

「これなら制服に合うし、毎日着けられるかなって」

「ぜ、絶対に毎日着けていくよ！　本当にありがとう！」

「やった」

子どもみたいに笑うルカにつられて、笑みがこぼれる。

見れば見るほどかわいくて、本当にルカはセンスがいいなと感服してしまう。それでいて宝石は全て本物のようだし、かなりの値が張ることが窺えた。

「ごめんね、私は何も用意してなくて……」

「いいんだよ、俺が姉さんにあげたかっただけだし。それに、こうして一日中ずっと俺と一緒にいてくれるのが何よりも嬉しい」

ルカが今日も健気すぎて、かわいすぎて苦しい。

前世から姉弟に憧れ続けていて、どれほど弟や妹はかわいい生き物なのだろうと想像していたけれど、思っていた一億倍かわいくて愛おしくて頭を抱えるほどだった。

「どう？　似合うかな」

「姉さん、とっても似合うよ！　本当にかわいい。かわいすぎて宝石より眩しいくらい」

「そ、そんなに……？　へへ」

「うん、姉さんよりかわいい人なんて存在しないと思う。お姫様みたいだ」

普通ならお世辞だと感じるところだけれど、私と同じ色のルカの瞳は一切の曇りなくきらきらと輝いていて、心からそう思ってくれているのが伝わってくる。

ルカといると自己肯定感が上がりすぎて、内側から美女になれる気すらしてきた。ついでにルカは将来、絶対に良い彼氏や夫になると確信した。

「ずっと大切にするね。ありがとう」

「どういたしまして」

ルカは嬉しそうに微笑み、私の髪を指先で梳く。

こんな仕草のひとつひとつも大人っぽくて色気があって、同年代の女子が同じことをされたら口や鼻から血を噴き出して倒れるに違いない。

「俺さ、女にプレゼントしかする奴の気が知れない、金の無駄で馬鹿じゃんと思ってたんだけど、こういうのも良いね。もっともっと色んなものを贈りたくなる」

「そ、そうなのかな……？」

「もちろん姉さん限定だけどね」

齢十五にして、とんでもない悟りを開いてしまっている。

お姉ちゃんもルカが元気に呼吸をしてくれているだけでありがたいから、高価なプレゼントは必要ないと必死に良い聞かせておいた。

その後は用意されていたお菓子とお茶をいただきながら、のんびりと色々な話をした。

結局のところ私たちはまだ、お互いのことをよく知らないのだ。

「ルカは何が好きなの？　趣味とかってある？」

「うーん、身体を動かすのは好きかな。だから今もよく体術の稽古をしに行ったりしてる」

「そうなんだ……！」

ルカには師匠的な人がいるらしく、その人と出会ってから人生が好転したんだとか。

私にとっても恩人だし、いつか会いたいと話したところ「余計なことを色々言われそうだけど、姉さんならいいよ」と言ってくれた。

「じゃあ姉さんは何が好きなの？　俺？」

「その通りです」

そこで一番に自分が出てくる自己肯定感の高さ、そして私の愛情がしっかりと伝わっていること にも心の中で拍手をした。これからもずっとそのままでいてほしい。

「そういえば、聞いていいのか分からなかったんだけど、ルカってどんな仕事をしてるの？」

「もう悪いことはしてないから安心して。最近は人を使うことが多いかな」

「お、おお……」

「搾取される側はもう嫌だと思ってさ」

さらっと答えた大人っぽいルカがなんだか急に、遠い存在に思えてくる。

詳しい話を聞いたところ、表向きに治安が良いこの国もまだまだ貧富の差は激しく、昔のルカの ようにお金や住むところまで困っている子どもも多いらしい。

結果、彼らは年齢や身分により正規の仕事に就けず、危険な仕事をしたり犯罪まですることだっ てあるという。過去のルカだって、その一人で。

子どもたちがそんなことをせずに済むよう、仕事先を用意して斡旋しているんだとか。

「ガキどもに関しては利益を出そうとしてないから、大人を使うのがメインだけどね」

「ル、ルカ……」

「あはは、なんで姉さんが泣きそうになってんの」

自分の辛い経験を通して、もう同じような経験を他の子どもたちにはさせたくないと思い行動するなんて、誰にでもできることじゃない。

やっぱりルカはとても優しい子で、思わず両手を伸ばして抱き寄せていた。

「ルカは本当にえらいね、いい子」

「……へへ、姉さんに褒められるのが一番嬉しい」

ぎゅうっと抱きつき返してくれるルカのことを知れば知るほど、大好きになっていく。

そんなルカの良さを、もっとたくさんの人に知ってもらいたいとも思ってしまう。

ちなみに子どものルカではやはり不都合なことが多いため、信頼できる大人の相棒が表立って指示をしたりしていて、ルカは裏方なんだとか。

私がルカくらいの頃はノートに夢小説ばっかり書いていたことを思い出し、頭が痛くなった。

語彙力のない私の言葉でよければ、いくらでも褒め称えたい。

「私にも何か手伝えることがあったら教えてね」

「ありがとう。姉さんは優しいね」

それからは再び、お互いに質問をしながらお喋りを続けた。

好きな食べ物、苦手な生き物、得意な教科など、周りからすれば本当にとりとめのないものだろうけど、ひとつひとつルカのことを知ることができて嬉しくなる。

「じゃあ今度は俺の番ね。あいつのどこが好きなわけ？」

「えっ」

そんな中、突然のストレートすぎる問いを投げかけられ、紅茶を噴き出しそうになった。あいつというのはユリウスのことだろう。

けれどここは普段、言い合いをしている二人の距離を縮めるチャンスかもしれない。そう思った私はユリウスの良いところをしっかり語ることにした。

「まずはね、優しいんだ！　本っ当に優しいしそれでいて周りをよく見ていて、困っている時はいつも助けてくれるし、ああ見えて努力家で裏では誰よりも頑張っているのに、それを──……」

想像していた以上にすらすらと出てきて、止まらなくなる。ユリウスは本来、私とは釣り合わない素敵な人だと実感し、もっと頑張ろうという気にすらなっていた。

「あとはたまに照れ屋で──……」

「もういい、もう分かったから。最後の方のろけだったたし」

そう言って私の口を両手で塞いだルカの頬は、ぷうと膨らんでいる。どんな表情も天才的にかわいいのは何かのバグかと思う。

「姉さんが本当にあいつのことを好きなのはよーく分かった。ムカつくけど」

「それなら良かったです」

うっかりのろけにシフトしてしまっていたのは恥ずかしいものの、ユリウスが素敵な人だというのが少しでもルカに伝わっていたなら嬉しい。

「でもこれからは、俺の方が好きになってもらえるように頑張るよ」

「えっ、あっ……うん……？」

絶対に負けないからと眩しい笑みを浮かべて宣言するルカに、なんだか思っていたのと全く違う場所に着地してしまったことを悟った。

その後も楽しくお喋りを続け、ホテル内にあるレストランで豪華なコース料理をいただいた後、順番に大きなお風呂に入った。

「綺麗なお花がたくさん浮かんでて、いい香りがして最高だったね！」

「あはは、そうだね。姉さんは何でも喜んでくれて嬉しい」

「お願いだから服はちゃんと着てほしいな」

お風呂上がりのルカは上半身裸で出てきて、ひっくり返りそうになる。

細身だけれどしっかり鍛えられており、魔法を使わずともあれほど強いのも納得した。

「あ、ごめんね。風呂上がりはいつも暑いからしばらくこれでいるのが癖なんだ」

それからは仲良く髪の毛を乾かし合って、すごく姉弟らしいとくすぐったい気持ちになる。

「ベッドもふっかふか！　それにかわいい」

ぼふんとベッドに飛びこむと、心地よい柔らかさと良い香りに包まれた。

ピンクの天蓋(てんがい)に、色とりどりのクッションにアンティークなかわいらしいランプ。どこもかしこもかわいいでできていて、テンションが上がってしまう。

こちらへやってきた水色のカーディガンを羽織ったルカも、口元を綻ばせた。

「本当にかわいいね」

「でしょ？　ルカもこういうの好きなんだ？」

「ううん、俺は姉さんがかわいいって言ったんだよ」

「えっ」

ルカは大の字になっている私の側に腰を下ろすと、くすりと笑う。

普通の女子だったなら、間違いなく落ちていただろう。本当に恐ろしい子すぎる。

「あれ、それって……」

ルカの手には、赤い表紙の本があった。

表紙には小さな女の子と男の子が仲良く手を繋ぐ、愛らしいイラストが描かれている。

「絵本を持ってきたんだ。前に姉さん、絵本を読んでくれるって言ってたから」

「ぐうっ……」

旅行中の些細な冗談を覚えていて、こうして持ってきてくれたルカがいじらしくて胸が潰れそうなくらい苦しくなった。

私の弟は間違いなくかわいいと思いながら、差し出された本を受け取る。

そして二人で並んで横になると、ルカは表紙を指先でそっと撫でた。

「子どもの頃に、よく母さんに読んでもらったんだ」

「……そっか」

横顔や声音から、ルカにとって大切な思い出だったことが窺える。

ここはしっかり大事に読まねばと気合を入れて、私はゆっくりと本を開いた。

「――そうしてアンジェリーナは……ひっく、幸せに……うう……っ暮らしましたとさ……」

「あはは、姉さん泣きすぎ。シーツまでびしょ濡れだよ」

本当に許してほしい。子ども向けのかわいい絵本だからといって舐めていたけれど、中身は号泣必至の切なくて感動する恋愛ものだった。

子どもの頃から想い合っていた二人が多くの苦難を乗り越え、ハッピーエンドを迎える姿には涙が止まらない。ルカ情報によるとオペラ化などもしているそうで、納得の名作だった。

「ご、ごめんね……後半とか何言ってるか聞き取れないレベルだったよね……」

「大丈夫だよ。文字で書いてあるから内容は分かるし、姉さんの気持ちも伝わってきて良かった」

しくしくずびずびして時折しゃくり上げていた愚かな私にも、優しいフォローをしてくれる。

ルカは長い睫毛を伏せると、丁寧に本を閉じた。

「……でも、こんな話だったんだな。昔はただ良かったね、くらいにしか思わなかったのに、俺も感動しちゃった」

「それだけルカの心が豊かに成長したってことだよ」

子どもの頃に読んだものを、大人になってから読むと違ったように感じることはよくある。

ルカのように大人になったことで内容を深く理解し、感動できるようになることもあれば、大人になったことで心が荒み、子どもの頃のように楽しめなくなってしまうことだってあるだろう。

どうかルカがこれからもたくさんのものに触れて、まっすぐに育ってほしいと切に思う。

「…………」

そんなことをつい語ってしまい、ルカが何も言わずじっと私を見つめていることに気付く。

「あっ、ごめん！　うざかったよね」

「ううん、姉さんの弟で良かったなと思っただけだよ」

ルカはそう言うと、私に思い切り抱きついた。勢いが良かったせいでバランスを崩し、二人でベッドの上に転がってしまい、顔を見合わせて笑い合う。

「……俺さ、自分のこと結構どうしようもないやつだと思ってたんだけど、姉さんの側にいたらずっと良い子でいられる気がする」

「じゃあルカは今も良い子だから、さらに良い子になっちゃうね」

よしよしと柔らかな桜色の髪を撫でると、ルカは「大好き」と言ってくれて、笑みがこぼれた。

絵本を痛めないようベッドから近くのテーブルに起き、灯りを消す。

「今日はもう怖くない？」

「あの日のことは忘れてもらって……」

怖い話大会をした時のことをいじられ、恥ずかしくなる。記憶の中の私はほとんど姉らしいことはできていないのに「姉さん」と慕ってくれることがありがたい。

もぞ、と動いたルカは私の手に指先を絡める。

「今日もたくさん姉さんと一緒にいれて嬉しかった。姉さんといると、全部が綺麗に見える」

ルカの言う「綺麗に見える」という言葉の意味は、私には分からない。

きっとルカには私の知らない過去や葛藤が、たくさんあるのだろう。

無理に全てを知りたいとは思わないけれど、こうして一緒に過ごすことでルカにとって良い影響を与えられているのなら、それ以上に嬉しいことはなかった。

何よりもかわいくて大好きなルカと過ごすのが、嬉しくて楽しくて仕方ないのだから。

「良かった。これからもこうして、たまに一緒にお泊まりしようね」

「うん、絶対だよ」

小指の先を絡めて約束し、顔を寄せ合ったまま二人で眠りについたのだった。

翌日の昼、屋敷に帰ったところ、玄関から続く広間にユリウスの姿を見つけた。

普段は伯爵夫妻たちと顔を合わせたくないからと、ここで過ごすことなんてないのに。

すぐに私に気付いたユリウスは手元の本から顔を上げ、アイスブルーの両目を柔らかく細めた。

「おかえり、レーネ」

「ただいま！」

私の帰りを待ってくれていたのだと思うと、嬉しくて頬が緩んでしまう。

たたっと駆け出してユリウスの胸の中に飛び込めば、しっかりと抱き止めてくれた。

「レーネから知らない香りがするの、嫌だな」

「なんか怖いよ」

「あはは、冗談じゃないよ」

「本気なんだ」

ユリウスはいつも通りでほっとしながら離れると、鞄から紙袋を取り出す。

そしてそれを、ユリウスに差し出した。

「はい、どうぞ」

「なにそれ？　お土産？」

「ううん。ルカからユリウスへのプレゼントだよ」

「は」

信じられないという表情を浮かべたユリウスは、戸惑いながらも受け取ってくれる。

——実はルカと一緒に選んだプレゼントを「姉さんが渡しておいて」と頼まれていた。

自分で渡した方がいいと何度も言ったけれど、ルカは「それは絶対に無理」の一点張りだった。

普段あれだけ言い合いをしているし、素直になりにくいお年頃なのかもしれない。

「助けてくれてありがとうって言ってたよ。ルカはユリウスにすごく感謝してると思う」

「……そう、ありがとう」

紙袋に目を落としたユリウスも、いつものようにどうせ嘘だと言って茶化すこともなく、ちゃんと受け取ってくれてほっとした。

それからはいつも通りユリウスと過ごし、あっという間にやってきてしまった夏休み最終日。

ユリウスは私の部屋を訪れ、小さな箱を差し出した。

「これ、あいつに渡しといて。お返し」

「あいつ……はっ！」

この小箱がルカへのプレゼントなのだと察し、大切に受け取り、そっと両手で包む。

「ユリウス、ありがとう！　ルカ、絶対に喜ぶと思う！」

「だといいけどね」

「うん。……本当に、本当に嬉しい」

噛み締めるようにそう呟いた私の頭を、ユリウスは優しく撫でてくれた。

「もし良かったら中身、何か聞いてもいい？」

「魔道具だよ、護身用の。かなり質はいいはずだから、それなりに使えるんじゃないかな」

「……っ」

ユリウスは大したことのないように言ったけれど、簡単に手に入るものではないだろうし、お値段だって張るはず。

ルカのことを想って色々と考えて用意してくれたのだと思うと、胸がいっぱいになった。

大事な弟を大好きなユリウスが大切にしてくれることが、嬉しくて仕方ない。

「あいつのためじゃなくて、レーネを安心させるためだからね」

「そっか」

「絶対に信じてない顔するのやめてくれないかな」

「ふふ、バレてた？」

このプレゼントを渡したら、ルカは絶対に喜ぶだろう。けれどきっと、ルカも嬉しい気持ちを必死に隠して「ふうん」なんて言うに違いない。

二人とも素直じゃないと思うのと同時に、やっぱり似た者同士だとも感じる。

そして、そんなルカとユリウスが仲良くなる日が来るという確信が、この胸の中にはあった。

あとがき

こんにちは、琴子です。

この度は『バッドエンド目前のヒロインに転生した私、今世では恋愛するつもりがチートな兄が離してくれません!?』6巻をお手に取ってくださり、本当にありがとうございます。

いよいよ6巻、二度目の夏休みを迎えました。一年目の夏休みとは全く違うものになり、吉田、王子、ルカ、レーネという新たな四人組の活躍は書いていてとても楽しかったです。

挿絵も素晴らしくて、女装した三人とレーネの姿は本当に最高でした。ヨシーヌ……。

今後は色々なメンバーの組み合わせも見たいなあと思っております。


そして教皇であるメレディスをようやく出すことができました!

話題はちょくちょく出ていたものの、実際に登場するのは書籍2巻ぶりです。

本作のラスボス的存在であり、得体の知れないサイコパスのメレディスは、大体のことはなんとかなるチート兄の世界で、全然なんとかならなそうなキャラになっています。

今後はこれまで以上に登場すると思うので、レーネがどう立ち回っていくのか、メレディスの呪いとは何なのか、見守っていただけると幸いです。正直ビジュアル、トップクラスに好きです。

そしてそして！　ユリウスとレーネの距離もぐっと縮まり、前巻での宣言通り初めてのキスもすることができました。素晴らしい挿絵とともに、とてもお気に入りのシーンになっています。

個人的に「作ったんだよ」というセリフがユリウスらしくて好きです。

本当は交流戦まで書くはずが、あまりにも筆が乗って夏休みで終わってしまいました。とはいえ私はとても好きな巻になったので、皆様にも楽しんでいただけていることを祈るばかりです。

そして今回も素晴らしいイラストを生み出してくださったくまのみ先生、いつも本当にありがとうございます。口絵！！！！！！　神すぎません！？！？？！？？！？？？！？

ルカとレーネの組み合わせ、天才的にかわいくて泣きそうです。超かわいいです。

カバーも挿絵も全て天才で生き甲斐です。ベッドでのシーンのドキドキ感も素晴らしく……！

いつも私に我儘を言われ続けている担当さんも、本当にお世話になっております。デビュー作で拾っていただき、いつの間にやら私も作家三年生です。これからもよろしくお願いします。

また、本作の制作・販売に携わってくださった全ての方々にも、感謝申し上げます。

七星郁斗先生による、ときめきと笑いがたっぷりの美麗コミックス４巻も同日発売です！

ユリウスの誕生日パーティーや王子とレーネの崖から転落失踪初会話（吉田）、そして宿泊研修と楽しいイベント盛りだくさんになっております。ほんっっとうに全てが大好きです。

書籍を読んでくださっている皆様も思い出のアルバムを振り返る気持ちでぜひ！　最高です。


そしてそしてそして！　豪華すぎて震えるレベルのドラマCDも同日発売されております。

レーネ役の鈴代紗弓さんはレーネそのもので明るくて可愛くて楽しくて、ユリウス役の内田雄馬さんはかっこよくて甘くて最高にユリウスですし、石川界人さんの吉田は吉田すぎて怖いです、吉田がそこにいます。梅原裕一郎さんによる王子ボイスは少ないセリフながら、破壊力は抜群です。

そのほか豪華キャストの皆様がチート兄の世界を演じてくださっていて、絶対に聞かなきゃ損ですので、TOブックスオンラインストアでのご購入よろしくお願いいたします！　神です。


たくさんの方のお蔭で、チート兄シリーズはまだまだ続いていきます。チート兄が終わったらどうすればいいのか分からないくらい大好きで、私の作家人生の中心の作品です。

これからも楽しんでもらえるよう頑張っていきますので、応援していただけると幸いです。

それではまた、7巻でお会いできることを祈って。

琴子

コミカライズ

第六話

漫画：七星郁斗

原作：琴子

よし
いいだろう
ネイティブ並みの
マミソニア語
だったぞ
レーネ・
ウェインライト
…！
ありがとう
ございます
第6話

私の能力は
読み書きだけ
じゃなく
他の言語も
話せるみたい
だけど
よかったわよ
ありがとう
正直使い道が
わからない
私の地頭が
よければなぁ
授業とかテストに
役立つのは間違い
ないけど…
将来職に困った
時には通訳とかに
なれたりするのかな
…はぁ
お父様も
お兄様も
どうかしています！

そうかな?
私は本当にお兄様のことが好きなんです…!
…悪いけど
俺はそういうのよくわからないいんだよね
っ
…絶対に
諦めませんから

結局昨日のあの会話
よくわかんなかったな
前にジェニーがユリウスと結婚するって言っていたのはただの願望かと思ってたけど
ふたりの会話を聞くかぎりまるで決まっていることみたいだった
考えたところで私がやることは変わんないけど
もっと頑張らなくちゃ
ウェインライトさん
今日の放課後花壇整備があるから忘れないでね

かだん…？

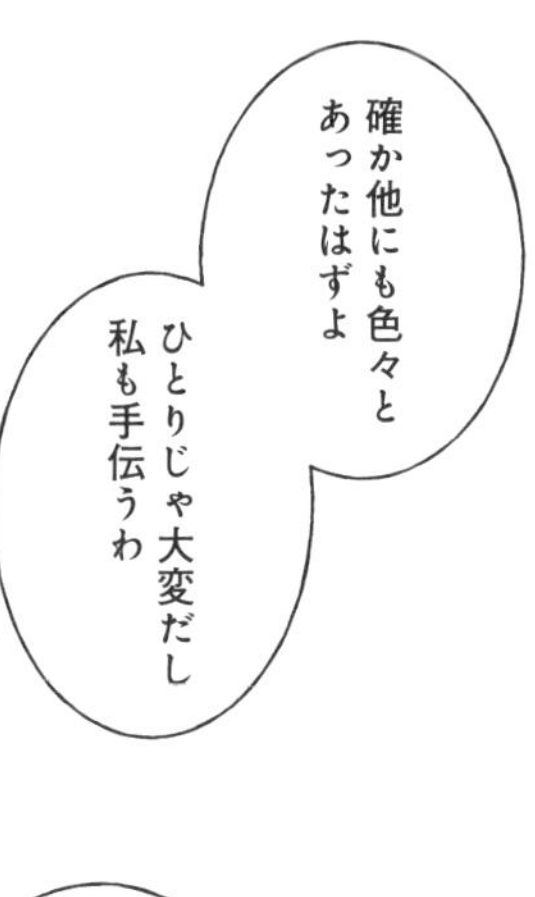
確か他にも色々と
あったはずよ
ひとりじゃ大変だし
私も手伝うわ

あなたは以前
花壇の整備係を
押し付けられて
いたのよ
ええっ

そんなっいいよ！
断れなかった私が
悪いんだし

予想外の時間ロス
だけどしかたない
くす
えっ
ださ…
何あれ
やばくない？
くす

土魔法も
まともに
使えないの？
スコップで…
ううーすごい
バカにされてる〜〜
だったら魔法を
使える人がやれば
いいのに！
ざく
ざく
あれ？
レーネちゃんだ
！
こんにちは
アーノルド
さんも
花壇担当
なんですか？
うん

誰もやりたがらなくてね
植物は好きだし
なんと自ら志願を!?
素晴らしい！そして顔がいい!!
ユリウス(あの兄)と友人をやってるのが不思議なレベルの美しい心を持っていらっしゃる！
ザク
ザク
……
レーネちゃんのぶんも俺がやろうか？
大丈夫ですよ
ちょっと楽しくなってきたので
そっか偉いね
ふふん♪
そうだ

これくらいなら
割と簡単だし
教えてあげようか？
ひら
魔法が使えるに
越したことはないいし
ひら
いいんですか⁉
親友の
可愛い妹
だからね
やった〜〜〜‼
この前ユリウスは
土魔法は
あまり好きじゃ
ない
って言ってたし
いい機会かも
それにSランクの
アーノルドさんに
教えてもらえる
なんて貴重な…

…ん？
それじゃあ
まずは基本から
土魔法を
発動する時は
ちょっ
これ

ポコってさせて
ふわっとさせる
感じなんだよね
んんんん〜〜〜〜
おかしいところが多すぎて
全然頭に入ってこない!!
なるほど…(?)

アーノルドさん
めちゃくちゃ近すぎるし
いい香りするし…
待って ポコっ
ふわって何?
んんっ
いったいどこから
突っ込めば…
アーノルド
いい加減に
したら?

お前また距離感ボケしてる
あっごめんね
いえ
アーノルドはド天然の人たらしだから
気をつけたほうがいいよ
こいつのせいで何人の女が泣いたんだか
うわぁ…
なんか想像できちゃう…
本当にごめんね普段は気をつけているんだけど
ユリウスの妹だと思うと親近感が湧いちゃって
シュン…
いえ大丈夫です

もう一回最初から教えるね
えぇっと…
お前
教えるの下手だからやめたほうがいいよ
スタッ
あと
いちいち触んな
しっしっ
最近治ってきたと思ってたのにな

レーネも教えてもらうなら相手を選びな
こいつは天才型だから
？
たぶん俺たちにはわからない感覚で魔法を使ってる
…うん
なんだろう
いつも自信満々のくせに
まるで
自分は天才じゃないって言ってるみたいで…
ユリウスらしくない
さっさと終わらせて帰りたいんだろ
うん
土魔法は今度教えてあげる
これ終わらせるよ

あ
ありがとう
どういたしまして
いいなぁ

俺もレーネちゃん
みたいな可愛い妹
がほしいな
俺はひとりっ子
だから
兄弟っていうのに
憧れるんだよね
逆に私に
アーノルドさん
みたいなお兄さんが
いたら
心臓が持たなくて
早死にしてしまう
気がする
ぐいっ

ざんねん

あげないよ
ぐううううう…
ん――
何作ろう

といっても
自分で作れる物は
限られてるけど
トントン
トン

あれっ
こんな時間に
どうしたの？
レーネこそ

遅くまで
勉強してたら
小腹が
空いちゃって
なるほどね

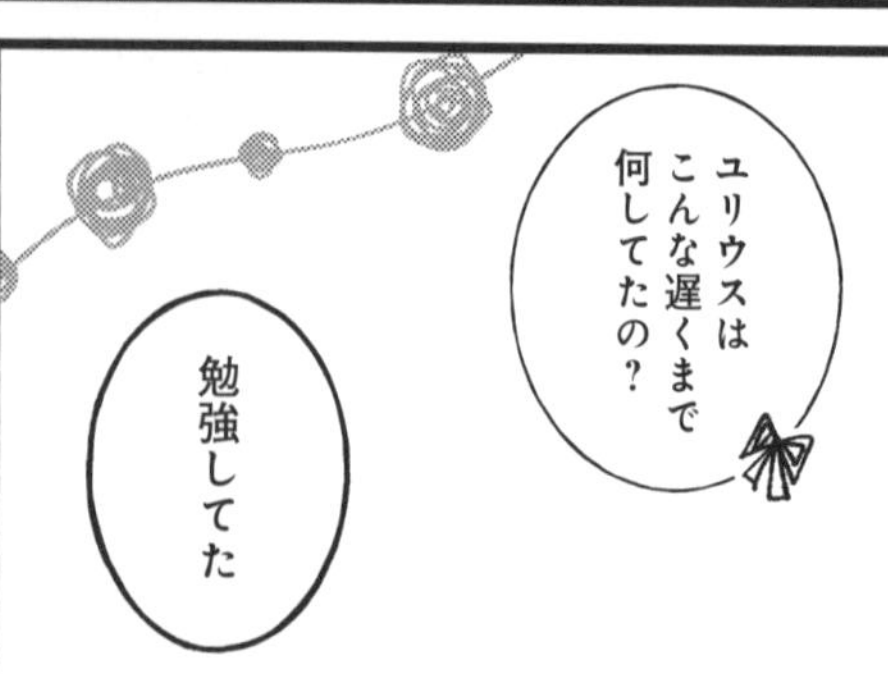
ユリウスは
こんな遅くまで
何してたの？
勉強してた

え？
俺だって
再来週は
ランク試験
だからね
あ
そっか
ランク試験は全学年
同じ日にあるんだっけ
…なんか
意外だった
そう？
俺はお前が
思ってるほど
天才じゃないよ
かなり努力も
してるし

……
自然となんでもできてしまうのかと思ってたけど
あの時感じたことも含めて
ユリウスは
本当に努力の人なのかもしれない
それなのに私の指導で時間を使わせてごめんね
いいよ俺のためでもあるし
…それどういう意味なの？
……
内緒
やっぱりこの兄はよくわかんない
簡単なスープとパンでいい？
！

レーネが
作るの？
いつの間に
料理なんて
覚えたの？
うん
一昨日も
ローザと夜食を
作ったから
ふぅん
メイドの
ローザ
それじゃあ
お手並み拝見
といこうかな

……！
おいしい
本当に？
うん
本当
結婚する？
バカじゃ
ないの

でも本当に
おいしいよ
これ
ありがとう
思えば前世では
誰かに料理を
食べてもらうこと
なんてなかったな
何気ない会話で
笑い合ったり
家族って
こんな感じなのかな
あれ

なんか
お風呂上がりのユリウスって髪が落ち着いてて
ちょっとだけ幼く見えるかも
どんな時でもイケメンすぎるこの顔にはまだまだ慣れないや
未だに鏡に映った自分にもびっくりしちゃうし
ごちそうさま
レーネのお蔭でまたがんばれそう
よかった
それじゃあ
!

戻ろっか
距離感ボケしてるよ

俺はいいの
なにそれ
この大きくて
温かい
手のひらに
少しだけ
慣れ始めて
しまっている
私がいる

あっ
やべ
入れすぎた
ちょっと!!
もういい
私がやるから
ヴィリーは
何もしないで
悪いな
本当にね
彼の名はヴィリー
前回は魔法学の
授業で手順を無視し
私の顔に
カエルの内臓を
浴びさせた
重罪人である
だから
ワザとじゃ
ないんだって

なのに学年トップクラスの魔法でBランク…か
知識は壊滅的なのに…
俺こういうの本当に向いてないいんだよな
あっそう
…お前 本当に雰囲気変わったよな こないだまでは
常に俯いてて滅多に喋らなかったのに
へえ
なぁ まだ怒ってる？
こないだの
それはもう
悪かったって
お詫びってのもなんだけど…

これやるよ
何これ？
ノートの切れはし？
レーネを
助けてあげる券？
そ！
お前が困った時助けてやる券
ドヤッ
ええ…
ええってなんだよええって！
……
おいっ
でもまぁ…たぶんだけど

悪い奴ではないんだと思う
どうしたら許してくれんだ??
わかった
ひとまず前回の件は
これで許してあげる
いざとなったら有り難く使わせてもらうね

おう！
そして
この紙切れが
とんでもなく役に
立つ時が来ることを
やはり
この時の私は
まだ知らない

いざ、パーフェクト学園との交流戦へ!!!
バッドエンド目前のヒロインに転生した私、今世では恋愛するつもりがチートな兄が離してくれません!?
BAD END Mokuzen no HEROINE ni Tensei shita Watashi, Konse dewa RENAI suru tsumori ga CHEAT na Ani ga Hanashite Kuremasen!?
著 琴子
ill. くまのみ鮭
7
ドラマCD&
オーディオブック&
コミックス4巻
好評発売中!

THE BANISHED FORMER HERO

今世こそのんびりしたい
元英雄の、望まぬ
ヒロイック・サーガ
最新第7巻

[NOVELS]

原作小説
第7巻

2024年
春
発売予定!

[イラスト] ちょこ庵 ※6巻書影

[TO JUNIOR-BUNKO]

[絵] 柚希きひろ

TOジュニア文庫
第2巻

好評発売中!

[COMICS]

[漫画] 鳥間ル ※8巻書影

コミックス
第9巻

2024年
発売予定!

シリーズ累計90万部突破!!(紙+電子)

LIVES AS HE PLEASES

没落予定の貴族だけど、
暇だったから魔法を極めてみた
I am a noble about to be ruined, but reached the summit of magic because I had a lot of free time.
アニメ化決定!!
[イラスト]かぼちゃ

NOVEL

原作小説❶〜❽巻
好評発売中!

シリーズ累計75万部突破!!!(紙+電子)

COMICS

コミックス❶〜❽巻
好評発売中!

最新話はコチラ!

SPIN-OFF

「クリスはご主人様が大好き!」
コロナEXにて
好評連載中!

最新話はコチラ!

STAFF

原作:三木なずな『没落予定の貴族だけど、暇だったから魔法を極めてみた』(TOブックス刊)
原作イラスト:かぼちゃ
漫画:秋咲りお
監督:石倉賢一
シリーズ構成:髙橋龍也
キャラクターデザイン:大塚美登理
アニメーション制作:スタジオディーン×マーヴィージャック

詳しくはアニメ公式HPへ!

botsurakukizoku-anime.com

バッドエンド目前のヒロインに転生した私、今世では恋愛するつもりがチートな兄が離してくれません!?6

2024年4月1日　第1刷発行

著　者　琴子

発行者　本田武市

発行所　TOブックス
〒150-0002
東京都渋谷区渋谷三丁目1番1号　PMO渋谷Ⅱ　11階
TEL 0120-933-772(営業フリーダイヤル)
FAX 050-3156-0508

印刷・製本　中央精版印刷株式会社

ISBN978-4-86794-122-5

Printed in Japan